Sol, papegojor och sandiga fötter -
Drömmen om det goda livet vid Medelhavet

AF192125

Nina (Catherina) Wahlberg, producent, skribent och marknadsförare har en mångårig och bred kompetens från kulturbranschen. Hon har även erfarenhet som inläsare av ljudböcker. Den kreativa processen har alltid varit en drivkraft hos författaren. Kreativiteten och lekfullheten genomsyras i det mesta både inom yrkeslivet och i det privata. Idag är författaren delvis bosatt i Spanien tillsammans med sin familj.

"Skapandet i sig är lycka för mig. Jag strävar inte efter det perfekta. Fantasin, lekfullheten och glädjen är viktigare. "
Nina Wahlberg

Nina Wahlberg

Sol, papegojor och sandiga fötter

Drömmen om det goda livet vid Medelhavet

Förlag: BoD – Books on Demand, Stockholm, Sverige
Tryck: BoD – Books on Demand, Norderstedt, Tyskland
ISBN: 978-91-8057-540-9

Illustration: Nina Wahlberg, Happy Creations By Nina

Förlag: BoD – Books on Demand, Stockholm, Sverige
Tryck: BoD – Books on Demand, Norderstedt, Tyskland

1. DRÖMMEN

Drömmen började redan under tidigt 90-tal, ungefär samtidigt som internet erövrade världen med stormsteg. Plötsligt hade vi "vanliga människor" tillgång till nästan allt, uppdukat som ett gigantiskt smörgåsbord. Det fanns mitt framför näsan, hemma i köket, vardagsrummet eller på hemmakontoret.

Men internetmodemet arbetade så oerhört långsamt och det var fler i familjen som ville använda datorn, eller ringa på telefonen. På den tiden kunde man nämligen antingen tala i telefon eller vara uppkopplad på nätet, antingen eller – absolut inte samtidigt eftersom modemet gick på telefonlinjen. Så drömmarna fick glatt förstärkas med böcker i mängder, kokböcker, reseskildringar, trädgårdsböcker - allt med den gemensamma nämnaren.

Livet runt MEDELHAVET!

Så fort vi fick chansen och plånboken tillät, reste vi ned till Frankrike. Målet var Provence med sina oändliga lavendelfält, sitt magiska ljus, närheten till Medelhavet, den fantastiska maten och kulturen. Det blev ett flertal olika typer av resor genom åren. Vi hyrde hus. Bodde på hotell. Tältade. Bilade med familj och hund. Flög ett oräkneligt antal gånger.

Vi var helt överens, min man Ulf och jag. Här ska vi någon gång i framtiden köpa ett semesterhus och bosätta oss, kanske inte på heltid året runt. Men ett semesterhus definitivt, en tillflykt från det kalla Sverige. Det var den stora drömmen.

2. LÄNGTAN TILL PROVENCE

Provence fanns alltid i våra hjärtan. Maten, lugnet, atmosfären, dofterna, ljuset. Som många andra älskade och älskar vi fortfarande Provence. Det är något väldigt speciellt och magiskt med ljuset, dofterna och livet där. Alla sinnena får verkligen blomma ut. Jag njuter av att se, känna, smaka och uppleva allt det underbara som Provence har att erbjuda. Vi har några olika små smultronställen, bland annat Roussillon i Luberondalen som vi har återkommit till flera gånger genom åren. Många tycker säkert att det är en stor turistfälla... Må så vara, men det är i så fall en väldigt vacker och anrik turisthåla!

På något sätt har det alltid känts som att komma hem när vi parkerar bilen uppe på parkeringen strax utanför byn och ser hela dalen framför oss. Det är så otroligt vackert att det gör ont i hela kroppen. Roussillon är även väldigt speciellt med sin röd-orangea ockra. Husen lyser varmt och välkomnande gyllenröda i solen.

För många år sedan tillbringade vi några underbara veckor där, då vi hyrde ett litet och tvättäkta provencalskt stenhus med pool strax nedanför byn. Det var hela familjen som var med, inklusive vår dåvarande vackra och kloka blandrashund Yessie. Hon var en riktig gatukorsning mellan fyra olika raser, till hälften bordercollie och resten var mix av labrador, schäfer och riesenschnauzer. Det går att skriva många sidor om hennes starka och underbara personlighet och de äventyr vi hade med henne. Men det spar vi till en annan gång. Hon var nämligen väldigt speciell, helt makalöst klok och smart. Vi kallade henne för en "hum" – en blandning av human/människa och hund.

Sommaren var väldigt varm, som somrarna är i Provence. Vi njöt alla av värmen och tur nog hade vi pool. Det tyckte även Yessie som älskade att bada. Trots att hon faktiskt var en "hum" så förväntade vi oss att hon skulle uppträda och bli behandlad som en hund. I detta fall innebar det att hon faktiskt inte fick bada i vår stora fina pool. Istället köpte vi en liten barnpool i plast till henne. Dock föredrog hon att bada i den stora poolen ändå, trots att hon mycket väl visste att hon inte fick. Gång på gång "låtsades" hon snubbla och råka ramla i poolen och med en oförstående blick tittade hon på oss under lugg när vi bannade henne att det var definitivt förbjudet område. Vi hade svårt att hålla oss för skratt eftersom hela hennes beteende var ett enda stort skådespel. Men någon ordning fick det allt vara…

Det var väldigt praktiskt att ha en rabiesvaccinerad hund för då kunde hon hänga med på våra biläventyr utomlands. Vid en annan resa stannade vi till i Paris några dagar. En kväll bestämde vi oss för att äta en god middag i Paris gamla stadsdelar. Alla vet väl hur det är i de gamla stadsdelarna, det är trångt, mycket folk, liv, ljud och rörelser. Till slut hittade vi ett ledigt bord på en trevlig restaurang inomhus. Det finns ännu en fördel med Frankrike, hundar fick redan på den tiden följa med in på restaurangerna.

Kyparen önskade oss varmt välkomna och genast ordnade han fram en skål med vatten åt vår hund. Efter en stund såg vi att det satt en äldre, mycket välklädd och stilig dam vid bordet bredvid oss. Hon småplockade med sin mat utan att egentligen äta så mycket. Det verkade som att hon inte var så stor i maten. Plötsligt med ett varmt leende på läpparna ställde hon ner sin tallrik på golvet. Våra ögon möttes och jag nickade och log mot henne. Tallriken var full med godbitar som hon bjöd Yessie på. Självklart tyckte damen att hunden skulle få smaka. Kvinnans sällskap, som var en äldre gentleman, visade sig vara veterinär. Han konverserade vänligt med oss på franska. I likhet med många andra fransmän utgick han från att även vi behärskade det franska språket. Vilket var lite sisådär. Vi kunde i alla fall tyda att han berömde vår vackra och kloka hund, att hon såg välmående ut samt hennes höga sociala kompetens. (Har man någonsin hört talas om att en hund har social kompetens?) Jodå, hon hade det. Mannen granskade hennes ögon noga och påpekade att vi inte fick glömma bort att undersöka hennes ögon, eftersom äldre hundar kunde få problem så småningom.

För en blyg och tillbakadragen svensk kunde det här spontana samtalet kännas lite överraskande och ovant, men sådan är vardagen i Frankrike.

Hotellet som vi bodde på i Paris, låg en bit utanför centrala delarna av staden. Vi hade tagit en långpromenad in till stan. Men på väg hem till hotellet bestämde vi oss för att ta tunnelbanan, metron. Plötsligt när vi stod och tittade på översiktstavlan över de olika linjerna kom det fram två finlandssvenska unga män och ställde sig bredvid oss. Vår hund, även om hon har social kompetens, brukade vara rätt avvaktande mot främmande människor. Hon hade en viss integritet. Men när hon hörde de unga männen diskutera blev hon så lycklig. I detta märkliga land där människor pratade ett språk som hon inte förstod, så kunde hon plötsligt urskilja ett språk som hon kände till och till viss del förstod. Hon visade sin lycka genom att ställa sig på bakbenen och hoppade nästan upp i famnen på dem. Svansen viftade glatt runt som en propeller i högsta hastighet. Hennes djupbruna hundögon och mun log. Lätt generade ursäktade vi oss till de över de förvånade och smått chockade killarna och förklarade att hon har varit på resande fot så länge och i stort sett bara hört franska runt omkring sig. Äntligen var det några som pratade så hon förstod.

Det finns många härliga hundreseminnen! Så var inte rädd för att ta med din hund på utlandsresorna. Det vill säga om du har en cool och lugn hund, som gillar att hänga med. Vår vovve älskade att vara med och framför allt åka bil, det är en förutsättning, annars är det nog bäst för samtliga att matte och husse reser själva.

3. TILLBAKA TILL DRÖMMARNA OM MEDELHAVET

Sagt och gjort, vi var euforiska av vår dröm om ett liv i ett annat varmare land. Drömmen var så påtaglig så att man kunde känna den fysiskt. Vi levde tillsammans i symbios och drömmen omslöt oss som en varm och hängiven vän. Den genomsyrade det mesta i vår tillvaro.

Till slut fanns det inget annat att göra än att ta kontakt med en fransk mäklare som fick våra drömmar och visioner uppmålade av oss. Så här i efterhand kan jag förstå att det måste varit oerhört svårt för mäklaren att greppa vad vi egentligen var ute efter. En känsla kan ju som bekant vara knepig att förmedla och vi hade så enormt mycket känslor. Men kanske inte så många tydliga och konkreta önskemål. Därför blev det en brokig samling av objekt som vi besökte tillsammans med mäklaren. Det ena var nog mer hopplöst än det andra. En viktig faktor i det hela var ju att vi hade en mycket begränsad budget. Plötsligt stod vi framför drömhuset. Högst upp på en kulle, med gångavstånd till den lilla byn, en vitputsad enplansvilla med medelhavsblå fönsterluckor. Alldeles för sig själv omgiven av korkekar och olivträd, milsvid lång utsikt över vingårdarna och de gröna kullarna. Drömhuset var väl inte i bästa skick, det var slitet, smutsigt och stökigt. Jag tror närmare bestämt att det var en övervintrad hippiefamilj med fyra hundar som bodde där. Men läget! Så fantastiskt! Sa jag förresten att det fanns en pool? Med en svindlande utsikt över dalen! Det här var magiskt! Men är det inte för långt att gå ned till byn? Ligger det inte lite för ensligt? Plötsligt blev vi osäkra på vad vi egentligen ville ha ut av drömhuset. Hur som helst, vi blev handlöst förälskade i ett smutsigt och slitet hus i Provence. Förälskelsen gjorde oss - som en förälskelse många gånger kan göra - förblindade. Vi

11

fick med oss ett köpeavtal hem och mäklaren väntade bara på vår underskrift. Priset vågar jag knappt nämna här, men jag kan lova, det var ett klipp!

Väl hemma kunde vi distansera oss till förälskelsen och hur starkt huset hade påverkat våra känslor. Nu började den praktiska och förståndiga delen av hjärnan tala till oss. Den första och största frågan var: Har vi råd? Frågan följdes av fler betänkligheter och plötsligt blev vi som Lilla Skutt i Bamse. Allt okänt var läskigt och det var ju ändå tryggt här hemma. Men trots det vägrade förälskelsen släppa greppet om oss, känslan av att vi hade hittat "hem" var trots allt så stark.

Äsch – vi kör! bestämde vi. Men vi ger dem ett skambud, är det meningen att drömhuset ska bli vårt så accepterar säljaren det. Så gick våra tankegångar. Skambudet gavs och avslogs brutalt utan diskussioner! Det vi inte riktigt förstod just då var att priset redan från början var så lågt att det faktiskt inte fanns några som helst marginaler att sänka det ytterligare.

Vi fegade ut och fortsatte drömma, men insåg nog att en del drömmar behöver tid på sig att uppfyllas. Alla pusselbitar måste ligga på rätt plats i rätt tid. Och det var helt enkelt inte rätt tid för oss just då.

Med en lättnadens suck, dock en aning uppblandad med en sorgsenhet, försvann huset i väg till någon annan lycklig och modigare köpare!

Åren gick. Sverige gick in i sparlåga. Det blev tufft och den allmänna samhällsekonomiska krisen var ett faktum. Vår yrkesbransch, musik- och kulturbranschen gick i stå. Vi insåg vare sig vi ville eller inte, att vi helt enkelt var tvungna att lägga våra husdrömmar åt sidan för stunden. Just för tillfället fanns det ingen som helst realism i att förverkliga dessa drömmar. Vårt resande fortsatte dock och varje år åkte vi för att utforskade olika delar av Frankrike. Provence fick också en stark konkurrens, för oss den nya bekantskapen i södra Frankrike, regionen Languedoc – Roussillon, oftast bara kallad för Languedoc. Languedoc med de två bergskedjorna Pyrenéerna i söder och Cevennerna i väster som ramar in regionen. Regionen är stor och sträcker sig ända ner till spanska gränsen i söder. Landskapet varierar mellan dramatiska höga berg, låglandsslätter med oändliga vinfält och inte att förglömma de fantastiska sandstränderna och lagunerna, där det även odlas ostron. Mängder av små charmerande och pittoreska byar erbjuder både kultur, shopping och mängder av god mat och dryck.

Ibland blir man mycket förvånad över sig själv. Vi tror att vi känner oss själva, våra drömmar och mål. Allt ska vara utstakat på ett visst sätt. Plötsligt är man fast i just dessa tankebanor utan att egentligen reflektera över varför man är fastlåst i dessa bestämda tankar. "Blir det inte så, så får det vara!" Vi har ju alltid trott att vi ska hitta vårt drömboende i Frankrike. Men ack så fel vi hade! Jag måste förtydliga att det absolut inte handlar om att vi är ombytliga. Nej inte alls, det var andra faktorer som spelade in, vilket vi inte visste om då. Jag ska snart berätta mer.

4. FLYTTA UTOMLANDS?

Jag ska nog erkänna att jag är beroende. Det är inte något jag direkt är stolt över. Ett beroende är ett beroende och det kan ju aldrig vara bra? Eller kanske kan man se det från en annan vinkel:
Inte beroende, men envis?
Inte beroende, men målmedveten?
Inte beroende, men håller fast vid en dröm?
Eller är jag bara en periodare?

Mitt beroende är jag inte helt ensam om. Jag har många "medberoende" runt om i världen. Hemnet, Blocket bostad, Idealista, Greenacres, Kyero, Det finns en uppsjö av sidor att besöka, utforska och drömma sig bort på. Det handlar om att leta hus på internet!

Till saken hör att vår familj inte är känd för att flytta ofta. Vi älskar vår svenska villa och tillhörande underbara trädgård som vi har haft glädjen att bo i under 25 år. Det är en lång, lång tid. Vi, villan och trädgården har utvecklats och vuxit tillsammans. I med- och motgångar har vi troget följt varandra. Vi älskar helt enkelt vårt svenska hem och har svårt att skilja oss från det. Visst kan jag drömma om att hitta något annat boende. För att få fylla på kreativiteten som flödar i mitt blod och känna den njutningsfulla tillfredsställelsen i att leva ut mina idéer och utmana mig själv i skapandet. Nya projekt, nya idéer som längtar otåligt efter att förverkligas. Men vi har så svårt att skilja oss från varandra, Villa Wahlberg och vi. Vi har gång efter gång provat tanken att släppa allt här hemma i Sverige.

Nu flyttar vi!

Det är så kallt här hemma!

Vi vill ha ett äventyr! Se och uppleva något annat!

Vi har provat tanken på att ta vårt pick och pack och flytta till Kanada, närmare bestämt till den lilla staden Barrie, vackert belägen vid Simcoesjön några mil norr om Toronto. Men varför just Kanada? Jo, vi tänkte att det är ett land väldigt likt Sverige på många sätt. Ofta varma och fina somrar, men kalla och riktiga vintrar. Engelsktalande land i huvudsak, fransktalande i vissa regioner förstås. Vi upplevde också Kanada som ett tryggt och stabilt land. Inte för att vi har någon relation till Kanada, men det var en intressant tanke att smaka på och utveckla. Ganska snabbt kom vi dock fram till att det låg alldeles för långt bort från Sverige och Europa. Vilket skulle innebära ett på tok för långt avstånd till resten av familjen, släkten och vännerna hemma i Sverige. Så vi lade helt krasst den idén på hyllan. Men ett frö hade börjat gro i oss och vi ville fortsätta att leva i fantasin. Eller så kan vi kalla det för drömmen om att kunna starta upp ett liv någon annanstans. Låter kanske lite naivt, men det var precis vad vi behövde tyckte vi. Ett äventyr, ge oss själva nya infallsvinklar, energi och utmaningar. Vi kanske skulle försöka hitta något i Europa, med lite mer värme än vad Sverige har att erbjuda?

Vi pratar år 2015. Året då Paris drabbades av ett fruktansvärt våldsamt terrorbrott. Hela världen var skärrad och skakad. Även vi upplevde världen otäck och grym. Det man hade läst och hört talas om långt borta i andra världsdelar började obönhörligen närma sig. Var kan man känna sig trygg, i vilket land? Av den anledningen gick faktiskt vårt älskade Frankrike bort, i alla fall just då. Som för stunden kändes otryggt och skrämmande. Ändå kunde vi inte släppa drömmen om ett liv söderut. Dessutom var det klokt att tänka på framtiden och på så småningom kommande pensioner. Var ville vi bo när det var dags att dra oss tillbaka så smått från yrkeslivet? Återigen satte vi oss ned vid middagsbordet för att diskutera vidare. Italien? Italien är fantastiskt men det är väl ingen riktig ordning och reda i landet och förmodligen byråkratiskt krångligt. Dessutom pratar vi obefintlig italienska. Jag hade i och för sig tillbringat ett halvår där som barnflicka i yngre dagar men det mesta av min italienska hade jag glömt bort. Spanien? Njae, kanske, men är det inte också lite som Italien? Visst, sonen hade precis börjat läsa spanska så inte helt fel men...

"Vad sägs om Portugal? Ska visst vara fördelaktigt som pensionär också" flikade maken in. Jag smakade på tanken. Kanske det kan vara värt att undersöka. Det lustiga var att bara någon vecka innan hade jag sett reklam om att det skulle hållas ett informationsmöte gällande fastighetsköp i Portugal. Där skulle det medverka både skatteexperter och mäklare.

För mig är det viktigt att skaffa så mycket information som möjligt om saker och ting. Ursäkta att jag säger det, kanske låter lite förmätet men jag är expert på utforskning och efterforskning av uppgifter samt söka upp, samla in och sammanställa information. Det bor en riktig liten detektiv i mig tror jag minsann.

Så blev det, vi anmälde oss till mötet och veckan efter var det dags. På plats fick vi mycket matnyttig och intressant information gällande både skatteplanering och allmänt gällande köp av fastighet i olika regioner i Portugal. För oss var det mest området runt den charmiga och livliga staden Lissabon som var intressant.

Lissabon som har mycket att erbjuda gällande kultur, historia och musik, dessutom en fantastisk natur runt knutarna. Det finns en stad med namnet Sintra, som ligger några mil norr om Lissabon. Sintra är både en magisk och förtrollande vacker stad med anor ända från 1100-talet och är upptagen på Unescos världsarvslista. Det romantiska och färggranna palatset Palácio Nacional da Pena är sagolikt. De gula, rosa och terrakottafärgade fasaderna lyser upp som en färggrann palett i solljuset. Utöver palatset finns det en mängd fascinerande platser och historiska byggnader med fantastisk arkitektur att besöka. Dessutom har faktiskt Sintra ett eget mikroklimat som bidrar till ett gynnsamt och behagligt klimat året runt.

Någonstans mellan Lissabon och Sintra var ett geografiskt tänkbart område för oss. Jag hade även hittat en möjlig och passande skola för sonens räkning. Språket var fortfarande en svag punkt. Ingen av oss pratade portugisiska. Men vi hade hört att portugiserna i allmänhet ändå var relativt duktiga på engelska.

Däremot var det inte helt lätt att hitta några direkt intressanta objekt på bostadsmarknaden. Min upplevelse var att marknaden kändes relativt snäv och med ett begränsat utbud. Dessutom konstaterade jag att fastighetspriserna låg på en högre nivå än vad jag hade trott. Men det var väl egentligen inget större problem. Förr eller senare skulle vi hitta det vi sökte. Det stora problemet var istället att vi inte kände oss helt nöjda med flygkommunikationerna mellan Sverige och Lissabon. Inga direktflyg över huvud taget, dyrt och lite för tidsödande för att ligga i Europa helt enkelt. Eftersom vår företagsverksamhet är i behov av smidiga flygförbindelser var det inte helt ultimat tyvärr. Vid närmare granskning höll dessvärre alltså inte Portugal måttet, eller rättare sagt fungerade inte för våra behov. Så synd, men då kunde vi bocka av även detta förslag som icke aktuellt.

Vi började blicka lite mer österut, mot spanska gränsen och den här gången utgick jag mer från flygplatser med direktförbindelser. Sökandet ledde till områdena runt Malaga med omnejd. Glatt överraskad kunde jag konstatera att fastighetspriserna dessutom var lägre än i Portugal. Mer hus för pengarna helt enkelt. Visst var arkitekturen något annorlunda, men det fanns en hel del charmerande och trevliga hus. Naturen var inte heller lika grön och frodig som i Portugal. Letandet fortsatte lite på måfå. Utan att märka det hade luften plötsligt gått ur mig. Likt en pyspunka tömdes intresset. Jag tappade styrfart och allt stannade. Min maniska period att leta hus var över och jag gick in i sparlåga.

5. UPPDRAG I LANGUEDOC

Året 2015 övergick till 2016. En småblåsig och kylig vårdag fick jag ett telefonsamtal från Johanna, en tidigare arbetskollega som ville äta lunch med mig. Så trevligt!

Johanna och jag hade under många år arbetat inom kulturbranschen där vi drivit flera olika projekt tillsammans. Skämtsamt brukade vi kalla oss för två nordsvenska arbetshästar som strävsamt jobbade och slet mot samma mål. En energifylld, bra och noggrann kollega som jag trivdes med helt enkelt.

Vi bokade in lunchen till veckan efter, bestämde plats och tid. Eftersom vi inte hade setts på rätt länge var det en hel del att "catcha up". Stolt och glad berättade jag att jag hade skrivit en kokbok uppblandad med personliga kåserier och tankar runt livet på landet. Matlagning är nämligen en passion som både hon och jag delar.

Johanna, liksom jag, är en stor vän av Frankrike - även om jag ligger i lä och redan på den tiden var hon en riktig frankofil.

Idag är hon dock mer en tvättäkta fransyska som bor och lever i Frankrike sedan flera år tillbaka där hon driver sin verksamhet. Men nu går jag händelserna i förväg, så jag backar banden tillbaka till lunchen. Johanna hade en stor nyhet att berätta för mig. Hon hade fått erbjudandet att driva ett Bed & Breakfast i Languedoc - Le Flamant Rouge i ett års tid. Hon hade bott där ett par veckor året innan och fått god kontakt med ägarinnan. Nu behövde ägarinnan avlastning och hade ställt frågan till Johanna om hon ville driva verksamheten under denna tid. Självklart hade Johanna tackat ja. Ett nytt spännande äventyr och kapitel i hennes liv skulle börja.

Gissa om jag blev lite lätt avundsjuk. Missuppfatta mig inte, inte alls så att jag missunnade henne denna chans. Tvärtom! Det var helt fantastiskt! Men jag tänkte på våra egna drömmar och min frustration över att vi inte kom någon vart med dem.

Det var lite lustigt att jag fem minuter tidigare hade nämnt för henne om min kokbok. I nästa stund kom frågan som fick mitt hjärta att slå dubbelslag av glädje.

"Nina, jag har fått ett uppdrag i höst och då tänkte jag på dig direkt. Det måste vara någon som jag kan lita på och jobba bra med. Dessutom behöver personen i fråga kunna laga mat och ha stor känsla för service." Jag tittade på Johanna och blev rörd över hennes inledande ord. Jag väntade spänt och nyfiket på fortsättningen.

"Jo, det är så här, jag har fått ett viktigt uppdrag i höst. Det ska hållas en kurs på Le Flamant Rouge i oktober. Jag behöver hjälp med matlagning och lite annat under den tiden. Kan du och vill du vara min support? Du skulle behöva vara på plats i två veckor."

Wow! Vilken fråga! Så klart jag ville! Självklart! Yippie! Så kul! Så spännande! Dessutom få laga mat till gäster! Hjälp! Vilken utmaning! Tjoho!

Ni förstår hur makalöst glad jag blev. Samtidigt fick jag lite prestationsångest. Att jag skulle laga mat till betalande gäster. Men Johanna lugnade mig med att jag skulle vara hennes support och hon skulle vara min vägledare. Jag behövde inte stå själv i köket och ha eget ansvar utan det här skulle vi göra tillsammans.

Sommaren kom och vi reste iväg till Kreta på semester. Jag hade hittat ett paradis som heter Skajado, med ett tiotal mysiga bungalows utplacerade bara några få meter från det ljuvliga turkosblåa Medelhavet. Vi hade varit där året innan och blev så handlöst förälskade i platsen att vi bestämde oss för att åka tillbaka igen. De personliga och vänliga ägarna hade verkligen lagt ned hela sin själ i verksamheten.

Boendet samt de allmänna och gemensamma utrymmena utomhus var noga genomtänkta i både design, bekvämlighet och funktion. Vi älskade att ligga på den breda solsängen och titta upp på den stjärnklara kvällshimlen. Mysfaktorn var hög, dessutom inga störande mobiler som krävde vår uppmärksamhet. Dom var oftast kvarglömda någonstans hemma på rummet. Kvällarna öppnade i stället upp för långa, givande samtal och mysig samvaro.

Varje morgon innan frukost sprang vi ned till bryggan som låg bara ett stenkast från boendet. Där kunde vi dyka rakt ner i det turkosa, varma och inbjudande vattnet. Den bästa och mest minnesvärda stunden var nog den dagen då havet för ovanlighetens skull var helt stilla, bara en svag liten bris kunde anas i luften. Jag hade precis dykt ifrån bryggan och simmat några hundra meter fram och tillbaka längs strandlinjen. Vattnet var ljuvligt och kristallklart. Små färggranna fiskar simmade fram och tillbaka en bit nedanför mig. Simturen gjorde mig lite lätt flåsig så jag vände mig om på rygg, lät hela kroppen slappna av och bara njöt. Där låg jag flytande på rygg och blickade upp mot den klarblå himlen i ett ljummet och stilla Medelhav. Tid och rum stannade upp. Det var jag, havet, himlen och solen. Kroppen var lätt och flöt som en kork, lite smått guppande, så rogivande, nästan meditativt sövande. Plötsligt hörde jag någon ropa, rösten kom långt bortifrån som från en annan värld. "Hallå! Lunchen är klar! " Kanske var det tur... annars fanns det nog en stor risk att jag hade guppat iväg långt ut till havs utan att märka något.

6. FÖRBEREDELSER, MATLAGNING OCH LE FLAMANT ROUGE

Sommaren övergick till höst. Det var dags att börja planera inför mitt uppdrag hos Johanna. Hon hade satt ihop de olika menyerna för samtliga kursdagar. En salig blandning av olika förrätter, varmrätter och efterrätter. Många av dem hade jag aldrig hört talas om och ännu mindre tillagat. En hel del var även Johannas egna recept. På min uppmaning gav hon mig en lista över alla rätter som vi skulle bjuda på, men inga recept. Jag ville nämligen göra ett genrep hemma genom att provlaga samtliga rätter en gång innan det var dags för den stora showen. Under tre veckors tid fick maken och sonen vara mina försökskaniner. Jag kittlade deras smaklökar med den ena goda rätten efter den andra. Det var allt från avancerade rätter som confiterad anka, till fantastiska smakrika och (oftast) nyttiga vegetariska rätter och smaskiga efterrätter. Det mesta lagades från grunden, inga halvfabrikat över huvud taget. Eftersom jag inte hade några utförliga recept att utgå ifrån fick jag googla på nätet och skapa rätterna utifrån eget huvud och på fri hand helt enkelt. Kreativt, spännande och utmanande! Och framför allt kul. Jag fick bekanta mig med, för mig, helt nya råvaror och ingredienser, testa och smaka mig fram. Till slut hade jag gått igenom hela matlistan och kände att jag var så förberedd som jag bara kunde vara. Låt showen börja!

En vecka senare landade jag på den lilla flygplatsen i Bezier. Jag var fylld av spänd förväntan och en viss nervositet förstås. Det här skulle bli så roligt och även en ny kreativ utmaning för mig. Det var ett kärt återseende både att träffa Johanna och att få vara på fransk mark igen. Härligt! Det första jag tänkte på när Johanna mötte mig i den lilla ankomsthallen var "Men så fransk hon ser ut!" Som en äkta fransyska med sitt kortklippta mörka hår och välmanikurerade naglar. Även om hon är en bra bit längre än genomsnittsfransyskan. Som om hon helt enkelt aldrig varit något annat än franska Johanna. Vi kramades och kindpussades i en typisk kombination av det svenska och franska och sen begav vi oss snabbt ut till bilen som stod och väntade på parkeringen. Äventyret kunde börja, jag var redo!

Bilresan till lilla byn Peyriac-de-Mer där Le Flamant Rouge ligger tog en knapp timme och när eftermiddagens sista solstrålar precis lämnat över till kvällsmörkret var vi framme.

Så här presenterar Le Flamant Rouge sin by;

"Peyriac-de-Mer är en liten by med ungefär tusen invånare i regionen Occitaine, departementet Aude. Byn omges av saltvattensjöar, så kallade etanger, med ett rikt djur- och växtliv. Vår natur består av typisk garrigue – låg växtlighet med kryddväxter. På en promenad här går du mellan rosmarin, timjan, spansk ginst – ofta längs med vinodlingarna"

Pensionatet Le Flamant Rouge är inhyst i ett av byns ståtliga borgarhus. Huset är stort, massivt och varmt välkomnande. Ett hus med både historia och själ. Ett hus som andas kreativitet, aktivitet och harmoni i en underbar kombination. Byn är verkligen charmig med alla slingrande gränder, de färggranna fönsterluckorna, det lilla söta torget som sjuder av folkliv och de två restaurangerna som ligger angränsande till torget. Några små butiker och en egen kyrka finns också. Blickar man ut mot saltsjön ser man en oräknelig mängd rosa flamingos, vackert som en tavla. Omgivningarna runt saltsjön inbjuder till långa härliga promenader och utflykter.

Första kvällen på plats i det fantastiska huset satt vi långt in på sena kvällstimmen, samtalade, åt och smakade förstås på det goda lokala vinet. Vi hade en hel del att prata om både gamla minnen och planerna inför de kommande uppdragen. Johanna presenterade upplägget mer i detalj och hur dagarna skulle läggas upp. Utöver kursen var det dessutom ett femtioårskalas inbokat i dagarna tre. Finmiddag, luncher, picknickkorgar med mera skulle fixas. En hel del med andra ord. Jag fick noga instruktioner om vad frukosten skulle innehålla, hur den skulle tillagas. Allt skulle smakfullt och vackert läggas upp på frukostbrickor till varje gäst. Den fantastiska frukosten är nämligen ett av Le Flamant Rouge signum.

När tröttheten började göra sig allt för påmind var det dags att avrunda kvällen och gå och knyta sig. Det hade varit en lång dag och jag var trött. Nej, jag var faktiskt helt slut, insåg jag plötsligt. Mitt sovrum visade sig vara inhyst i det lilla vindsrummet högst upp i huset, bakom tvättstugan. Ett litet mysigt rum med fin fransk utsikt. Jag kände mig lite som Askungen. Hela rummet doftade ren tvättstuga och ibland räckte inte tvättstugans torklinor till så jag skulle sova i sällskap med stora vita lakan som hängde på tork. Ett enkelt och annorlunda boende, men väldigt mysigt.

Morgonen dagen efter började med en rivstart. Storhandling inför kommande fest och kurs. Efter ett par timmar kom vi hem, fullastade med allt möjligt. Listan hade varit längre än någon inköpslista jag tidigare skådat och jag var mäkta imponerad över att vi fick i stort sett med oss allt som stod på den. En kombination mellan närodlat, kvalitet och kostnadseffektivitet var dessutom ett måste för inköpen.

Följande dagar var hektiska, men fantastiskt roliga! Vi lagade mat så svetten lackade - aptitretande förrätter, utsökta varmrätter och smaskiga efterrätter. Men det var inte bara smaklökarna som skulle bli tillfredsställda utan det var lika viktigt med det visuella. Ögat skulle ha sitt också. En lockande och snygg presentation av maten utan att bli för pretentiös. Jag fick visa mina färdigheter i dekorativ och personlig dukning. Det blev mitt huvudansvar vid varje måltid. Återigen behövde vi vara kostnadseffektiva och kreativa. Trots att den franska hösten hade anlänt var traktens utbud av botanisk flora fortfarande riklig. Med en stor dos fantasi skapade jag fantastiska dekorationer och dukningar. Ansvaret för frukosten delade vi mellan oss och tog den varannan dag. Dessa frukostdagar fick jag gå upp extra tidigt i gryningen för att hinna promenera till byns bageri innan soluppgången och köpa nybakade baguetter och croissanter. På vägen till bageriet repeterade jag lite lätt nervöst ett par franska fraser som kändes passande. Jag ville ju göra gott intryck som representant för Le Flamant Rouge.

"Bonjour Madame. Je m'appelle Nina et je viens du Le Flamant Rouge. Je veux acheter des baguettes et des croissants." Jag bannade mig själv lite lätt att jag i grundskolan valt att läsa tyska istället för franska. Hur tänkte jag då? Det fick duga, kort och koncist, men ändå artigt.

Trots min morgontrötthet var dessa tidiga morgontimmar magiska. Byn hade knappt börjat vakna och oftast var det bara de kringstrykande katterna som gjorde mig sällskap längs den kullerstensbelagda gatan mot bageriet. Jag kände mig ödmjukt tacksam till livet och lyckan att få vara just på denna plats och just då.

Väl tillbaka i köket med famnen full av nybakat varmt bröd var det dags att göra ordning samtliga frukostbrickor innehållande yoghurt, frukt, hemlagad granola, toppade med lite näringsrika och exklusiva bipollen, juice, kaffe, bröd, ost och ljuvligt god hemmagjord marmelad på säsongens frukt och bär. Jag tror det var allt. Makalöst välsmakande och energifyllda frukostbrickor!

Jag ska inte gå in i detalj gällande dagarna och kvällarnas arbete. Men en snabb summering är att det var otroligt roligt, utmanande, jobbigt och lärande! Vi lagade den ena fantastiska rätten efter den andra. Gästerna lovordade och hyllade maten, servicen och atmosfären. Framåt ettiden på natten när disken var avklarad och gästerna hade gått och lagt sig var vi helt slut, men ändå enormt nöjda och tillfredsställda. Då kunde vi slå oss ned och ta ett välförtjänt glas vin och bara njuta. Sen sov vi gott.

De lediga stunderna tog vi omsorgsfullt tillvara på och gjorde utflykter runt om i trakten. Vi tog bilen till havet för att unna oss ett par timmars välförtjänt latande på stranden. På hemvägen köpte vi med oss mängder av nyfiskade ostron och musslor till kvällens middag. En dag knöt vi på oss gympaskorna och tog en vindlande långpromenad runt saltsjön. Trots att det var oktober kunde vi ta ett uppfriskande och härligt dopp i det otroligt salta vattnet. Rena hälsokuren sägs det. Vi tog även en cykeltur bort mot den uttorkade saltsjön halvvägs mot den lilla byn Bages, för att plocka salt. Salt som jag sedan noggrant sköljde och tog med hem till Sverige. Ni förstår känslan? Att själv kunna plocka sitt eget salt och smaksätta det med rosmarin, rosépeppar eller bara använda det neutralt. Vilken lycka! I gränden utanför pensionatet växte det ett stort mäktigt lagerträd. Johanna hjälpte mig att släpa fram en stege så att jag kunde klättra upp och plocka mina egna lagerblad, som förstås också fick följa med hem.

Jag älskade livet på Le Flamant Rouge och det var med sorg i hjärtat, men fylld av erfarenhet och underbara upplevelser, som jag fjorton dagar senare blev avvinkad av Johanna på flygplatsen. Hon hade hittat sin plats på jorden och i livet.

7. LÄNGTAN, FRUSTRATION OCH LÖSNINGEN

Tankarna och längtan efter en nystart utomlands gjorde sig påmind ännu en gång. En lätt frustration störde mig och jag upplevde att vi mest bara stod och stampade på samma ställe. Helt ärligt, skulle vi någonsin våga ta steget och släppa allt här hemma? Sälja, börja om på nytt i ett nytt land men nya grannar, ny kultur, ny miljö? Nytt, Nytt, Nytt! Läskigt? Jobbigt? Svårt? Vi har ju det ändå bra här? Hur gör vi med skolan? Tusen frågor radades upp, hälften kanske vi hade svar och perfekta lösningar på. Men resten? Den bekanta Lilla Skutt gjorde sig påmind igen.

Så vad gör man då? Jo, man hittar ett annat projekt, ett mindre, enklare och kanske mer realistiskt genomförbart. Jag kom med förslaget "Vi kanske kan hyra något under ett år? Bara för att få prova på?" Det måste vara rätt lösning, tyckte jag. Då kan vi i alla fall få känna den ljuva smaken av utlandsboendet under en period. Det blir bra. Varför hade vi inte tänkt på det tidigare? Men om sanningen ska fram så hade jag försökt att lobba för den idén tidigare. Men det var först nu som idén väcktes till liv hos oss alla tre.

Sagt och gjort – projekt utlandsboende under ett år startades!

NÄR, VAR och HUR? Det var de grundläggande frågorna. Vi tar det i rätt ordning. När? Jo, när sonen börjar första året på gymnasiet måste bli perfekt kom vi fram till. Då hade vi nästan två år på oss att planera.

Var? Frankrike? Spanien? Varför Spanien undrar ni kanske? Jo, till saken hör att sonen redan vid den här tiden hade läst spanska i tre år, men noll år franska. Vilket verkar enklast? Spanien såklart. En annan faktor som också spelade in är att makens syster bor i Benálmadena, strax utanför Fuengirola. Just i Fuengirola, som av en händelse, finns Svenska Skolan med klasser från årskurs ett och även gymnasium. Så valet av ort blev egentligen inte så svårt. Trots att våra hjärtan klappade för Frankrike så övertalade vi oss själva att Spanien, Fuengirola skulle bli perfekt. Så fort vi hade beslutat oss för att ta steget, tryckte vi på startknappen. Men var skulle vi börja och hur skulle vi gå till väga?

8. SPANIEN, FUENGIROLA

Steg nummer ett blev i alla fall att boka en resa till Malaga. På så sätt kunde vi slå två flugor i en smäll, hälsa på makens syster och samtidigt besöka Svenska Skolan i Fuengirola. Ett halvår senare, en härlig vårdag i slutet av april, bar det iväg. Vi hade fjärilar i magen alla tre. Mamma, pappa och son var laddade och spända av förväntan. Nu började äventyret! Jag hade pratat med representanter för skolan vid flera tillfällen och fått en mycket fin kontakt. Alla kändes väldigt välkomnande och engagerade. Sonen hade dessutom under hösten besökt skolans representanter på den stora gymnasiemässan i Stockholm. Där hade han artigt presenterat sig och berättat att han minsann var intresserad av att studera utomlands.

Lite lätt trötta, efter det omänskligt tidiga flyget, anlände vi till hotellet i Fuengirola, checkade in, tog hissen upp till tionde våningen, öppnade upp hotellrumsdörren och möttes av en fruktansvärd och vedervärdig odör av avlopp! Hjälp! Detta går ju inte. Snabbt ner till receptionen för att påpeka eländet med förhoppningen att genast få byta till ett fräschare rum. Efter lite trix och fix ordnade det sig med ett nytt fräscht rum. En kort stund senare andades vi ut och stod på balkongen på tolfte våningen och tittade ut över hamnen och havet. Solen värmde från den klarblåa vårhimlen. Inte ett moln så långt ögat kunde nå, bara fiskmåsarna som flög härligt lojt runt i cirklar över havet. Vi var redo för äventyret, ett nytt kapitel i vårt liv!

Dagen efter var det dags för skolbesök. Vi fick en personlig guidad tur, lärare och personal tog emot oss med varm hand. De berättade om skolans pedagogik och upplägg. Vi nickade instämmande, ställde lite följdfrågor och försökte ta in så mycket som möjligt av alla nya intryck. Till sonens stora glädje fanns det ett aktivt skolband. Eftersom musiken är en viktig del även för honom så var detta ett stort plus. I aulan var det full aktivitet och repetitioner pågick som bäst inför morgondagens stora cabaret, en härlig stämning och atmosfär. "Ni kanske vill komma och titta?" frågade musikläraren. Om vi ville? Såklart!

Kvällen efter satt vi i publiken, bland alla de andra föräldrarna. Vi applåderade, skrattade, log och kände oss redan som en del av vår nya spanska värld. Även om vi inte hade något barn i skolan (ännu) påverkades vi starkt av föräldrarnas stolthet och samhörighet. Nästa år kanske det var vi som satt i publiken som stolta föräldrar medan sonen stod på scen och tog emot publikens jubel!

Dagarna i Fuengirola började närma sig sitt slut och vi åkte hem till Sverige, fyllda med nya intryck, känslor och planer. Det fanns dock ett stort och för oss oväntat orosmoln på himlen. Även om vi bestämde oss och sökte till skolan fanns det inga som helst garantier att sonen skulle komma in. Varför då kan man undra? Jo, vi var inte de enda svenskar som sökte sig till den spanska värmen. Konkurrensen var stenhård och köerna långa för att bli antagen och komma in på skolan. Vår fördel var dock att vi hade ett och ett halvt år på oss innan sonen skulle börja gymnasiet. Det innebar att vi kanske, med lite tur, hade ett litet försprång. Anmälningsavgiften betalades och ansökan med val av program (Naturvetenskapliga programmet) och övriga uppgifter skickades in. Nu började den långa otåliga väntan!

9. I VÄNTANS TIDER

Så vad gjorde vi i väntan på besked? Hur planerar man en flytt utomlands, även om det var en tillfällig flytt, utan att veta om man egentligen ska flytta? Många obesvarade frågor dök upp under vägens gång. Frågorna var fler än svaren. Men vartefter började vi se en klarhet i hur det hela skulle läggas upp rent praktiskt. Logistik, planering och framförhållning var ledorden!

Villa Wahlberg – skulle vi hyra ut huset? Ur en ekonomisk synvinkel så var det självklart att vi måste hyra ut huset för att få ekonomin att gå runt. En liten hake var att delar av huset bestod av offentlig verksamhet som drevs av vårt företag. Hur gör man då? Stänger man av den delen? Skulle vi våga hyra ut? Vilka risker? Vi räknade fram och tillbaka, vände och vred på argumenten. Slutligen kom vi äntligen fram till att huset nog kunde hyras ut. Men enbart via kontakter eller rekommendationer. Projekt sökandet av boende i Fuengirola startades genast upp. Här pratar vi med en expert på bostadsmarknaden! Jag insåg, eller i alla fall trodde, att bostadsfrågan skulle med all säkerhet vara det minsta problemet. Timmar efter timmar granskade och skannade jag hyresmarknaden. Relativt snabbt kunde jag till min lättnad konstatera att ett bra boende med gångavstånd till skolan skulle utan svårigheter kunna ordnas till en kostnad under 1 000 euro per månad. Jag kom i samspråk med en familj som ägde ett charmigt och lagom stort radhus några hundra meter från skolan. Radhuset var i och för sig uthyrt för stunden. Men det skulle förhoppningsvis bli ledigt när det var dags för oss att flytta ner till Spanien. Jag hade nämligen inte räknat med att svårigheten var att vi hade lite för lång framförhållning. Hyresobjekten som fanns ute på marknaden skulle hyras ut här och nu. Inte om ett år.

Ändå drömde jag mig bort och kunde se oss i radhusets grönskande lilla trädgård. Eller på terrassen i den mysiga lägenheten på tredje våningen som jag hade lagt in som en favorit. Eller varför inte den moderna lägenheten tio trappor upp med milsvid utsikt och en stor härlig balkong? Vi var öppna för de flesta förslagen. Under förutsättning att boendet var charmigt, fräscht, ha balkong, terrass eller trädgård, minst två sovrum och gång- eller cykelavstånd till skolan. Det kunde väl inte vara så svårt att hitta eller hur?

10. VILLA WAHLBERG

Våren lämnade över till försommaren och äntligen slutade skolorna. Vi hade nu en lång och förhoppningsvis härlig sommar framför oss. Och mycket riktigt, sommaren i Sverige var stundvis ovanligt varm. Varje ledig tid åkte vi till havet och badade. För en gång skull kunde man simma och njuta av vattnet utan att frysa till is efter en halv minut. För mig som älskar att bada var lyckan extra stor. Till och med maken hade svårt att motstå det inbjudande och lätt uppfriskande vattnet.

Vi njöt av tillvaron och försökte leva för stunden. Varken tänka bakåt eller framåt. Här och nu var det som gällde! Ibland var det nästan så att våra spanska planer kändes overkliga och som något vi bara hade drömt om. Då och då kittlade det till och känslan var svindlande när vi kom på att det faktiskt var på riktigt! Den här gången hade vi inte bara pratat. Vi hade verkligen tagit ett stort steg ut i de okända och för oss otrampade stigarna. Det var så spännande! Men ännu var det ett läsår kvar i Sverige för sonen. Men snart… ett år går fort…

Under kommande sensommarveckor tog vi mängder med bilder på vår, som vi själva tycker, fantastiskt grönskande, fina, unika och älskade trädgård. Trädgården med sina olika "rum", poolen, vindruvsrankorna, piazzan, växthuset, terrassen, pergolan med bubbelbadet. Ett litet paradis med inspiration från varmare och soligare breddgrader som länderna runt Medelhavet. En mängd olika blommor och växter som de flesta nog känner igen från Frankrike, Spanien, Italien och Grekland. Olivträd, egenodlad citronbuske, fikonträd, gigantiska nerium oleanderbuskar med de bedårande rosa blommorna som blommar i klasar i mängder, röda söta vindruvor som klättrar upp över pergolan.

De vinterkänsliga växterna smart planterade i krukor som varje senhöst, innan första frosten får flytta in till det inglasade uterummet och balkongen. Vi hade kunnat skapa en hel fotobok med lockande och inspirerande bilder som visade upp vårt älskade hus och trädgård. "Tänk om vi hade kunnat flytta med hela huset och trädgården ner till Spanien" brukade vi skoja om.

Det blev ingen bok med bilder, men däremot fick villan och trädgården en egen Facebook-sida. Det var ett perfekt sätt att marknadsföra och beskriva boendet för eventuella intressenter. Vi var helt överens om att inte lägga upp någon annons till allmänheten utan det var rekommendationer och kontakter som gällde. Jag hade i och för sig kollat upp agenturer specialiserade på att hyra ut till företag. Vi förstod att via den vägen skulle vi utan större problem kunna få in en motsvarande månadslön i hyra. Men var det verkligen värt risken? Nej, absolut inte. Vi målade upp diverse olika hemska scenarier. Det ena hemskare än det andra om vad som skulle kunna hända om okända människor tog över ansvaret för hus och trädgård. Tänk om alla växter dog? De måste ju ta hand om både trädgård, hus och växter! Tänk om de olovligt beger sig in i vår företagsdel och går lös på all teknik? Tänk om...

"STOPP! Sluta tänk, sluta vara så dramatisk och måla upp den ena hemskheten efter den andra. Nu får vi allt ändra fokus!" Mina ord ekade högt, både ut i rummet och i huvudet, som ett eko. Stopp, sluta, tänk positivt! Hitta lösningarna istället för att fokusera på problemen! Av naturen är jag oftast mer positiv än maken. Jag påpekar för honom att han är negativ. "Sluta va så negativ" brukar jag tjata på honom när jag tycker att han dissar mina förslag eller när han "siar" negativt om framtiden hur saker och ting kommer utvecklas, eller om han tycker att mina idéer drar iväg.

"Jag är inte negativ – jag är realistisk", är hans stående svar. Sen brukar han retsamt nynna på låten "Beautiful Dreamer" för att förstärka, det han tycker är orealistiskt i mina tankegångar.

Jaja, det är tur att vi är olika, kan man tänka.

11. SOMMARSEMESTER
PÅ COSTA BRAVA

Sommaren började lida mot sitt slut och första veckan i augusti tog vi en tur till Barcelona. Vi hade hyrt en liten bungalow ungefär sju mil norr om Barcelona. Under våren hade jag kommit över billiga flygbiljetter och vi var sugna på att "bara på skoj" utforska Costa Brava kusten, som vi aldrig hade besökt tidigare. Det hade inte varit det lättaste att hitta ett boende som kändes rätt för oss, antingen var det med pool men ingen terrass, eller tvärtom. Hotell ville vi absolut inte bo på. Nej, det skulle absolut vara en bungalow eller en lägenhet med terrass och kök. Vi ville kunna laga mat om vi kände för det. Ett av våra nöjen är att hitta fräscha och spännande lokala råvaror och laga mat. Det är gott, kul och kreativt! Även när man är på semester. Några boenden såg fantastiska ut, men när jag började granska omdömena så var de allt utom fantastiska. Trots att jag trodde att vi var ute i god tid för att hitta ett bra boende, insåg jag snabbt att redan under våren var nästan 70% uppbokat. Vi skannade av kusten både söder och norr om Barcelona. Till slut hittade vi en mysig bungalow strax utanför staden Lloret de Mar. Bil hyrde vi på flygplatsen i Barcelona.

Första kvällen när vi äntligen kom fram till det lilla semesterhuset. (som visade sig vara en riktig tiopoängare) var det så kallt, mulet och blåsigt med åskan ilsket mullrande i bakgrunden. Tack och lov inget regn. Men vem kunde tro att augusti skulle bjuda på ett sådant här eländigt väder? I Spanien? Vi var nog lite chockade alla tre när vi satt ute på kvällen, huttrandes under varsin filt och värmde oss med en kopp te. Inte ens ett glas vin kändes rätt just för stunden. En finfin start på semestern, eller hur?

Tack och lov blev det bättre väder redan dagen efter. Solen var åter tillbaka och värmde från en klarblå himmel. Gårdagens butterhet var bortblåst. Nattens sömn hade dessutom varit ovanligt god. Vi började dagen med att gå på upptäcktsfärd runt om i området och hittade en fantastisk naturstrand, en liten vik omgiven av ståtliga pinjetallar. Den slingrande stigen som ledde ner till havet var brant. Men när vi väl kom ned till den vackra lilla stranden var det verkligen mödan värt. Så magiskt! Så underbart! Medelhavets turkosa vatten glimrade inbjudande. Trots att det var augusti så var det konstigt nog inte alls överfullt på stranden. Utan problem hittade vi en lämplig plats med bara ett par minuters promenad till den lilla strandrestaurangen. För den hungrige och törstiga erbjöds enklare luncher och drycker av dess olika slag, oerhört charmerande och precis som taget ur en turistbroschyr. På trädäcket var rustika trästolar i olika färger och små lite lätt vingliga bord utplacerade. Trots att det var högsäsong orkade personalen fortfarande vara glada och trevliga och tog emot gästerna med ett varmt leende. Stranden med den lilla strandrestaurangen var en given plats för oss under ett par timmar om eftermiddagarna. Vi är inga soldyrkare som gillar att steka oss i solen alltför länge om jag ska vara ärlig. Alla tre blir lite för rastlösa att enbart ligga och sola, vilket heller inte ska rekommenderas på något sätt. Däremot ett par timmars häng på stranden, samt få dyka ner i de svalkande vågorna eller stilla flyta i vattnet är något jag aldrig får nog av.

Som omväxling bar det emellanåt av med bilen för att utforska kusten i övrigt. Det var inte långt till den fantastiska byn Tossa de Mar och den slingrande vägen dit var lika magiskt vacker som många andra vägar längs kusten. En tur till Girona blev det också, då åkte vi över bergen in mot land. Landskapet förändrades dramatiskt och vi passerade oändligt stora skogsområden. Fantasin triggades igång hos oss alla tre. "Tänk att gå på hajk, här finns det säkert både varg och annat vilt" Just då hade jag ingen aning om det finns varg i Spanien, men det kändes så. (Vid senare efterforskning har jag tagit reda på att Spanien tydligen är ett av Västeuropas vargtätaste länder med drygt 2 000 vargar.) Det fanns till och med skyltar med snövarning, med tanke på höjden och att vi var inåt land. Det kändes som en ganska långsökt tanke när vi rullade fram på augustiheta vägar och solen gassandes utanför fönstret. Girona, med sina knappt 100 000 invånare, är en charmig liten stad, som tilltalade oss. Den kändes vänlig, konstaterade vi och hit skulle vi gärna åka fler gånger.

Självklart kan man inte flyga till Barcelona utan att besöka Barcelona stad. Så mycket riktigt bestämde vi oss för en dagsutflykt till Barcelona. Men klokt nog hade vi beslutat att absolut inte ta bilen. Vi hade hört talats om bortforslade bilar som var felparkerade, hyrbilar som fick repor. Allt kunde tydligen sluta precis hur som helst. Nej, det fick bli det lokala tåget. Vi startade tidigt. För oss var det i alla fall tidigt, eftersom vi inte direkt är kända för att vara uppe med tuppen. Vi kom fram till Barcelona någon gång runt lunch. Blodsockernivån började sjunka, vilket påminde oss om att det var ganska många timmar sen frukost. Vi konstaterade att vi behövde äta innan vi orkade med att utforska staden. Men herre jösses - så mycket folk! Det var faktiskt helt galet. Folk precis överallt, trampandes åt alla håll och kanter. Turister, turister, precis som vi, i varje gathörn och gatsnutt. Jag kan ju inte direkt påstå att jag är en tvättäkta storstadsmänniska, inte maken heller. Sonen däremot uppskattar mer att känna storstadens puls.

Vad ska man se när man är i Barcelona? Vi gick på den stora och breda boulevarden La Rambla i riktning ner mot havet. När vi hade gått ungefär halvvägs slog vi oss ned på en av serveringarna. Det vill säga en av turistfällorna, för att få i oss något att äta och dricka. Kan väl inte påstå att det var någon kulinarisk upplevelse direkt, eller att kyparen gladdes åt sina matgäster. Men lunchen tillfredsställde våra behov för stunden i alla fall. Efter det relativt snabba lunchstoppet fortsatte vi trängseln med folket. Det var bara på något sätt att acceptera och följa med strömmen nedåt, trots att vi kände ett visst obehag med all denna trängsel. En snabb titt på hamnen med den ena lyxigare båten än den andra. Vi suckade och våndades, människor överallt, svettigt var det också. Men hamnen var ett måste, eftersom både far och son är riktiga båtmänniskor. Själv blir jag bara sjösjuk. Jag passar bättre på land, läppjandes på ett glas vitt vin, möjligtvis sittandes på bryggan. Även om jag förstås uppskattar havet och sjön. Jag älskar ju att bada och simma. Hursomhelst, snabbt vidare upp mot katedralen, för den måste vi ju se.

Trängseln fortsatte och till slut kom vi fram till den omtalade katedralen. Visst var den fantastisk. Men inte så fantastiskt magisk och gigantisk som vi hade hört att den skulle vara. Jag måste erkänna att jag var lite besviken. Men det kändes onödigt att kommentera för jag ville inte sänka vårt humör ytterligare som vid den här punkten prövades mer än behövligt. Om vi ska vara ärliga så var det faktiskt riktigt hemskt, med all trängsel, alla människor, ljud, bilar och oväsen. Jag blev mest yr i huvudet och matt i kroppen. Dessutom hade vi snabbt konstaterat att det här var ju inte den stora och kända katedralen La Seu, som vi just sett, utan en lillasyster till denna. Lite snopet kan jag ju säga.

Efter fyra timmars kämpande med Barcelonas trängsel gav vi helt enkelt upp. Absolut orättvist mot staden och allt fantastiskt den har att erbjuda. Men vi kände oss inte bekväma och en osäkerhet hade börjat krypa in i kroppen. Vi skyndade på stegen och letade upp tågstationen. Till slut hittade vi tåget som skulle ta oss bort från folkmassorna och tillbaka till lugnet. Men vi lovade oss själva att staden skulle få en ny chans och vi skulle återkomma någon gång när det inte var den värsta turistsäsongen. Helt slutkörda kom vi så småningom hem till vår lilla bungalow och kunde njuta av stillheten och tystnaden. Det enda som hördes i kvällsluften var ljudet av cikadornas spel. Rogivande och tryggt. Ett glas vin på terrassen och lugnet var åter.

Två dagar senare skulle vi åka tillbaka hem till Stockholm. Vi kände oss inte riktigt redo för att avsluta semestern. Det var ju så skönt med värmen, havet och vi njöt av vår tillvaro. Men det var dags att återvända till vår svenska vardag. Flyget gick mitt på dagen den 17 augusti 2017. Senare på eftermiddagen samma dag skedde det fruktansvärda attentatet i Barcelona, där hundratals människor skadades och tretton personer miste livet. Den vita skåpbilen som skoningslöst rammade folkmassan på La Rambla. Hela världen stannade upp i chock och förskräckelse. Vi var djupt chockade, skärrade och samtidigt innerligt tacksamma att vi hade hunnit sätta oss på planet hem. Det var märkligt obehagligt att vi redan ett par dagar innan fått varsel om otryggheten och sårbarheten. Att vi dessutom hade snuddat vid tanken på hur lätta mål vi människor skulle kunna vara om någon ville oss ont. Vi var nog överens om alla tre att storstadens trängsel inte var något för oss, inte i den här utsträckningen i alla fall.

Väl hemma hämtade vi andan och njöt av sensommarens sista dagar. Trädgården började skifta i färg och den intensiva grönskan hade mattats av. Men trädgårdens blomster gav oss fortfarande njutning. Vi ville passa på att tillbringa så mycket tid vi bara kunde utomhus. Kvällarna var fortfarande ljumma. Vi njöt av den stillsamma tillvaron. Samtidigt som solen färgades röd och försvann i horisonten satt vi på den hemsnickrade bryggan vid poolen och plaskade med fötterna i vattnet. Vi drömde om framtiden och det kändes häftigt och pirrigt att inte riktigt veta var vi skulle befinna oss om exakt ett år. Skulle vi vara kvar här hemma och allt var som vanligt eller skulle vi vara bosatta i Spanien?

12. PLAN B

Hösten kom och vardagen rullade på som vanligt. De ljumma sensommarkvällarna ute på terrassen byttes ut mot kvällar framför TV:n med en kopp värmande te. Det kändes lite som att vi hade satt på pausknappen för ett par månader framåt. Vi befann oss i ett slags vakuum eftersom vi inte visste om sonen skulle komma in på skolan. Lite lätt frustrerande var det. Vi ville till varje pris tillbringa ett år i Spanien. Det var då vi kom fram till att vi måste ha en plan B. Lätt förvirring uppstod, hur skulle plan B se ut? Utgångspunkten var att vi ville flytta för ett år. Vi behövde absolut inte bo i just Fuengirola. Men gärna någonstans i närheten längst kusten på Costa del Sol. Vilka alternativ fanns då? En möjlig tanke var att låta sonen studera på distans. Men då var frågeställningen, hur löser man det med den sociala biten? Han behövde ju ha kompisar och umgänge. Även vi föräldrar behöver ju social stimulans. Då kom faktiskt sonen på idén att vi kunde starta ett slags nätverk för utlandsstudenter. Med både en fysisk och digital samlingsplats för de som till exempel studerade på distans. Inte för att vi på något sätt skulle ersätta lärare eller mentorer. Den kompetensen hade vi ju inte. Det vi ville erbjuda var en stabil fysisk och digital plats för ungdomarna. Idén kändes så pass intressant att jag genast anmälde mig till Komvux och började läsa pedagogiskt ledarskap på distans. Eftersom jag arbetar bland annat som manager och agent till artister, skådespelare och musiker, insåg jag att denna kompetens skulle även vara en stor tillgång i mitt yrke. "En del artister är ju faktiskt som vuxna barn" tänkte jag och smålog för mig själv.

Planeringen fortsatte och vi lät plan B hållas varm så gott det gick. Jag tog kontakt med andra föräldrar bland annat via Facebook med barn som studerade på distans i området runt Costa del Sol och lyssnade på hur de hade löst de praktiska bitarna. Samtliga återkommande svar var att största problemet var just den sociala biten, vilket oroade även oss som sagt.

Vi funderade även på att låta sonen söka till en internationell skola som alternativ C. Efter en djupgående skanning kom vi tyvärr fram till att vi inte kunde hitta några för oss passande skolor längs Costa del Sol. Vi utökade till och med sökandet upp mot Costa Blanca. Där hittade vi ett antal tänkbara intressanta skolor, bland annat en bit från den underbara staden Altea, men även en internationell skola i Javea. Plötsligt kändes det som att Costa Blanca skulle kunna vara en klar aspirant.

Återigen drömde jag mig bort och hittade mängder av fina villor runt Altea, L'Alfas del Pi, Albir, La Nucia, Javea och andra orter runt omkring. Prisklassen var helt okej och vi skulle till och med kunna få en bra slant över om vi skulle sälja villan här hemma. Men att köpa var det ju inte tal om. Ändå kunde jag inte låta bli att drömma mig bort i världen av spanska fastigheter med grönskande och vackra trädgårdar och turkosblåa pooler. Maken började på allvar tröttna på mig när jag gång på gång påkallade hans uppmärksamhet för att visa honom det senaste fantastiska objektet jag hade hittat. "Alla ser ju likadana ut" muttrade han, oftast ganska ointresserad, men lät mig ändå hållas. Då och då brukade han retsamt fråga mig "Har du köpt nåt?" Han tyckte nog att jag var lätt manisk. För hans del var det inte lika självklart att sälja allt här hemma och våga släppa taget för något nytt i Spanien. Även om han ibland kunde åka med i mina drömmar, när min positivitet var som starkast och vädret utanför fönstret var som värst. Det är alltid lättare att drömma sig bort till en soligare och varmare plats när vädret grått och ruggigt och utomhustemperaturen är allt utom behaglig. Men oftast var det så att han såg alla problem. Jag såg alla möjligheter. Han var realist. Jag var en drömmare. Vi var nog inte riktigt i fas med varandra gällande den här biten. Jag tänkte att "Bara han får lite tid på sig, så kanske han så småningom delar mina visioner och planer." Maken tänkte " Låt henne hålla på, hon tröttnar nog snart, när verkligheten kommer ikapp." Jag fortsatte att leta, fundera, planera och drömma. Allt stod och föll på hur plan A utvecklades.

Fast jag måste säga, det fanns fantastiska villor med underbara trädgårdar som utan svårigheter skulle kunna mäta sig med våran egen trädgård här hemma. Dessutom med citrusträd, olivträd och palmer som inte behövde odlas i kruka för att skyddas mot vinterkylan. Självklart skulle villan ha en pool och närhet till kommunikationer.

"Beautiful Dreamer, open your crazy eyes, you´ve gotta wake up, wake up" …

13. MINISEMESTER PÅ COSTA BLANCA

I januari 2018 tog vi flyget till Alicante, maken och jag för en liten minisemester. Sonen var kvar hemma eftersom det var sista terminen i nian. Nu var det betygshets med skolarbete som första prioritering. Jag hade bokat hotell i Altea för några nätter och sista natten i Alicante. Vi var ju allt lite nyfikna på att utforska kusten. Alicante stad var inget som vi funderade på direkt. Men det var praktiskt att bo där natten innan vi åkte hem. I själva verket visste vi inte mycket om Alicante, kändes mest som en stad man passerade.

Kvällen innan flyget gick, åkte vi till Skavsta och tog in på flygplatshotellet eftersom det var en typisk tidig Ryanair avgång, det vill säga klockan 06.30. Jag hade känt mig lite tjyvens och olustig under eftermiddagen och kvällen, men hade svårt att sätta fingret på vad det var och försökte förtränga det. Vi gick och lade oss tidigt, för en gång skull somnade jag utan större problem. Plötsligt vaknade jag med ett ryck efter ett par timmars sömn. Klockan var ett på natten och jag mådde fruktansvärt illa. Det här kommer aldrig gå, tänkte jag panikartat. Det är bara att åka hem med första bästa buss eller låsa in oss här på hotellrummet i några dagar och låtsas som att vi har varit bortresta. Tack och lov så gick eländet över och vi kom med planet, även om jag var lite skakig i benen. Värre än så blev det inte. Det var väl något jag hade ätit som kroppen inte gillade.

När vi väl landade i ett soligt och behagligt Alicante tog vi flygbussen in till hållplatsen Mercado, för att promenera till tramstationen som låg precis bredvid. På nätet hade jag sett att det fanns ett fantastiskt gulligt litet tåg som man kunde åka längs kusten. Det lät perfekt för oss! Det här var vårt första besök i Alicante, likväl vårt första besök på Costa Blanca. Ett bra sätt att ytterligare bekanta oss med Spanien. I bakhuvudet hade vi ju även plan B och C, så det kunde vara en god idé att reka lite i väntan på svaret från skolan i Fuengirola.

Tåget tuffade på i behaglig takt. Vi passerade den ena charmiga lilla byn eller samhället efter det andra. Det var fascinerande att se de gyllenfärgade apelsinlundarna utanför tågfönstret med de mäktiga och höga bergen i bakgrunden. Dagen innan hade vi halvt frusit ihjäl på väg till Skavsta trots dunjacka, mössa och vantar. Så det kändes extra kontrastfullt. Det var ju full vinter och 10–12 grader kallt och snö hemma i Sverige. Nu satt jag på tåget bara med en blommig klänning och kofta, tights samt ljusrosa sneakers på fötterna. Jag kastade en snabb och diskret blick till höger där tre stilfulla spanska damer satt och diskuterade högt och ljudligt. Samtliga av dem bar sobra dunjackor, med en chick scarfs runt halsen och varma men snygga stövlar. Alla var perfekt stylade i håret. De klassiska stora mörkbruna solglasögonen prydde deras lite lätt åldrande men vackra ansikten. Jag kände mig rätt felplacerad och absolut inte spansk med min kofta, mitt långa bruna och lätt rufsiga oborstade hår uppsatt i en enkel tofs. Maken var som vanligt klädd i jeans och jacka. Han smälte bättre in bland de andra medresenärerna. Med sitt vallonska påbrå som har gett honom fantastiskt bruna ögon och mörkt hår, samt en orättvis lätthet att bli brun bara han tittar på solen kan man nästan tro att han är infödd sydlänning.

Tåget fortsatte sin färd och efter en dryg timme anlände vi till Benidorm. Den omtalade staden med det blandade ryktet. En del älskar skyskraporna, en del andra fnyser och skyr staden. Staden som aldrig sover. Staden som ursprungligen var en liten fiskestad men utvecklades till Sydeuropas party- och disco mecka under 70-talet. Benidorm hade till och med tidigare en station med namnet Disco Benidorm. Därifrån var det bara ett stenkast till några av stadens alla klubbar, barer med mera. Men det är inte bara fest och party i stan. Det är även en stor favorit bland till exempel engelska pensionärer som rullar runt på sina permobiler. Vilka totala kontraster! Kanske är det så att de som var där och festade under 70-talet aldrig lämnade stan utan fastnade där och blev pensionärer på permobiler... ja, vem vet? Men för oss blev det bara ett snabbt stopp för tågbyte och därefter tuffade vi vidare mot den vackra och charmerande lilla staden Altea.

Altea har länge varit en tillflyktsort för bland annat konstnärer, artister, poeter och författare. Namnet Altea har sitt ursprung från moriska "Althaya" som betyder hälsa för alla. Den omtalade och imponerande kyrkan, Nuestra Senora del Consuelo byggdes i början av 1920-talet är belägen uppe på höjden i Alteas gamla stadsdelar. Den magnifika kyrkan med sin blå- och vitkalkade kupol är en viktig och vacker symbol för Altea.

Vi skulle dock inte bo uppe i Gamla stan, utan jag hade bokat ett mysigt litet hotell nere vid strandpromenaden. Eftersom vi inte skulle vara borta så många dagar ville vi bo på hotell och njuta av stadens restaurangutbud. Ingen tid för hemlagad mat under denna resa. Altea var verkligen lika charmerande och romantisk som vi hade hört och läst. Oändliga slingrandes små kullerstensgator i den gamla delen av staden och vägen uppåt var nästan lite jobbig. När vi väl kom upp till kyrkan satte vi oss på det halvtomma torgets servering och avnjöt en kopp kaffe. Dagen led mot sitt slut och det hade börjat krypa in en lätt kyla i luften när solen begav sig nedåt. Snabbt drack vi upp den sista kaffeskvätten och vandrade sakteligen tillbaka till hotellet. Vi fick några härliga dagar i Altea. Det var ett lugn och en vänlighet som tilltalade oss. Hotellets frukost gav oss den energi vi behövde för att starta upp inför dagarnas upptäcktsfärder. Alteas strand med de av havets vågor rundslipade stenarna var nästintill folktom. Vattnet var tyvärr för kallt för att erbjuda bad. Men njutningen var total att ändå kunna promenera längs vattenbrynet och känna havets friskhet möta mina bara fötter.

Vi åt fantastisk god mat om kvällarna. Vårt mål var att besöka en ny restaurang varje kväll. Kött, fisk och skaldjur stod på menyn, med goda lokala viner. Så var det dags att ta farväl till vår nya bekantskap – Altea. En stad full med charm, kultur och romantik. Möjligen hade vi önskat oss lite mer puls och livlighet, men å andra sidan var det ju lågsäsong. Vi tog morgontåget tillbaka till Alicante där jag hade bokat in oss på ett litet charmerande Bed & Breakfast, som låg ett stenkast från Rambla

Méndez Núñez. Precis när tåget gled in till stationen Villajoyosa, ändrade vi vår plan spontant. Jag hade läst och sett bilder från den färgglada och lekfulla staden Villajoyosa. "Vi måste bara hoppa av och kolla!" Jag kände mig spontan och full av energi, inte riktigt redo heller att åka tillbaka till Alicante, eftersom det kändes som semesterns slutpunkt. Sagt och gjort, vi reste oss hastigt och kom precis av i sista sekund innan dörrarna stängdes. Det var en liten bit att gå ned mot vattnet. På måfå vandrade vi nedåt.

Man kan tro att det är en liten by, men Villajoyosa är en kommun med drygt 30 000 invånare. Staden är ursprungligen en gammal fiskeby, som många andra kustnära städer. Gamla Stan finns med på Unescos världsarvslista, bland annat tack vare de särpräglade kvarteren med de pastellfärgade och originella husen och de vita stränderna. I folkmun kallas staden för La Villa.

Längst hela strandlinjen och intill floden som flyter genom staden, ståtar de färggranna, höga och smala husen likt en fantastisk färgpalett. Från början tillhörde dessa hus traktens fiskare. Husens färger hjälpte att vägleda dem hem eftersom byns hus syntes långt ute till havs. Tydligen ska det också finnas ett intressant chokladmuseum, något för chokladälskaren. Det tänkte jag besöka någon gång i framtiden. För oss blev det ett charmfullt och energirikt möte. Det var som att kliva in i en teaterkuliss med alla dessa färgsprakande och enormt charmiga hus. Trånga slingrande gränder som sedan öppnas upp mot strandpromenaden och den fantastiska stranden. Hit skulle jag vilja åka igen för att få gå barfota i stranden och bada i de mjuka rullande vågorna. Men som sagt, det var januari och nu vi fick nöja oss med att slå oss ned på uteserveringen med en kopp kaffe. Solens värmande strålar och den klarblåa himlen gjorde mig påmind om min egen längtan som var så stark och intensiv. Längtan efter att någon gång hitta vårt eget paradis någonstans vid Medelhavet.

Ett par timmar senare var vi tillbaka på tåget och fortsatte vidare mot Alicante. Vädret hade plötsligt ändrats till det sämre. Det hade blivit en anings kyligare. Solen gick i moln och våra vinterjackor åkte på när vi gick ut för att upptäcka stan. Vad gör man i Alicante under 10 timmar av vaken tid? Vad ska man se och uppleva? Vad ska man absolut inte missa? Vi hade faktiskt ingen aning. Varken jag eller maken var pålästa om Alicante. Lite konstigt egentligen, men på något sätt hade vi fått för oss att Alicante bara var en stad som man passerade för att åka vidare. Absolut ingen känd turiststad. Av den trevliga och mycket hjälpsamma ägaren till vårt Bed & Breakfast fick vi lite olika tips på ställen att besöka och även var vi skulle gå och äta tapas. För tapas måste man ju äta när man är i Spanien eller hur! Först vandrade vi runt lite planlöst i Alicante utan att egentligen veta vad vi skulle besöka, uppleva och se. Vi hade precis fått berättat för oss om slottet Santa Bárbara som ligger högt upp på ett berg 167 meter över havet. Slottet ska tydligen ha anor ända från 1200-talet. Slottet som är så vackert upplyst om kvällarna. För den som orkar ta sig ända dit upp är utsikten över staden spektakulär. Man behöver dock inte gå hela vägen upp. För den som känner att det blir lite väl tufft finns det faktiskt en hiss. Vi kämpade på halvvägs upp. Ganska omgående insåg vi att varken tiden eller orken fanns att fortsätta hela vägen upp till slottet. Det fick vi helt enkelt ta en annan gång bestämde vi och vände nedåt igen. Promenaden längs La Rambla de Mendez Nuñez, "ramblan" fick vi ju inte missa. Efter dryga tio minuter kom vi fram till stadens stora marknad, Mercado Central, som är inhyst i en fantastisk anrik byggnad från 1920-talet. En otroligt mäktig och vacker byggnad med oändliga mängder av bland annat kött, fisk, skaldjur, ost och diverse olika delikatesser. Allt du kan tänka dig och lite till fördelat på två våningar. En blixtvisit hann vi precis med innan dörrarna skulle slås igen för dagen. Det var som att komma in i matmeckats paradis! Ojojoj så mycket gott! För oss hade det varit en dröm att kunna stanna kvar i timmar och bara njuta av atmosfären och alla hundratals olika smarriga delikatesser.

Plötsligt slog hungern till igen. De små tapas vi hade ätit för ett par timmar sedan hade vi redan promenerat bort. Ännu var det inte middagstid. Ett glas vin och något ytterligare litet tilltugg fick duga innan det var dags för kvällens middag på någon av stadens restauranger. Efter att vi hade stillat hungern någorlunda promenerade vi tillbaka till vårt lilla pensionat. Vi småpratade med de trevliga ägarna en stund, för att sen ta trapporna upp till vårt charmiga och mysiga rum.

Att sträcka på benen och vila oss lite inför kvällens middag var ett måste, insåg vi.

Eftersom vi var rejält trötta i fötterna efter allt promenerande bestämde vi oss för att äta middag på någon av de närliggande restaurangerna i vårt område där vi bodde, El Barrio, det vill säga Alicantes Gamla stan. Efter lite velande hit och dit hittade vi till slut en mysig liten restaurang på en av sidogatorna. Vi blev serverade magiskt goda lammracks med ugnsstekt potatis, sallad och ett av de smakfulla lokala röda vinerna som kyparen rekommenderade. Servicen var personlig med en servitör som balanserade utmärkt mellan uppmärksamhet och avspändhet. En skön och trevlig familjär stämning helt enkelt. Nöjda och belåtna lämnade vi restaurangen efter ett par timmar. Kvällen började bli sen men vi bestämde oss för en kortare promenad innan det var dags att bege sig hem till rummet. Vi hade fått tips om att titta på flugsvampskonstverken på en gata med namnet Calle San Francisco. Det lät ju väldigt spännande och annorlunda. Gatan skulle tydligen ligga knappa fem minuter bort. Det var bara att korsa ramblan och sen var det ett stenkast därifrån. Vi lyckades faktiskt hitta rätt på en gång. Tror att det beror på makens kända och utmärkta lokalsinne! Plötsligt såg vi dem, en mängd roliga, fantasifulla och söta flugsvampar som var utplacerade längs gatan. De flesta svamparna var mer än en manshöjd höga. Charmerande och väldigt speciellt, måste verkligen vara barnens favoriter, konstaterade vi och skrattade. Jag sa "Om du av någon anledning är en anings deppig i Alicante, gå och besök flugsvamparna – då blir du genast lite muntrare".

Alicante hade verkligen varit en positiv överraskning. Det oskrivna bladet visade sig vara en trevlig stad, lagom stor och mycket vänlig. En oväntad och mysig upplevelse. Men just då för stunden inget mer. Altea och även Villajoyosa ville vi däremot gärna se mer av en annan gång. Hand i hand promenerade vi hemåt. Trötta, nöjda och belåtna med vår minisemester.

14. DRÖJANDE BESKED OCH SPÅRVÄXLING

Jag beslutade mig för, hör och häpna, att efter alla år - ta körkortet! Men som det sägs, bättre sent än aldrig. Visst hade jag övningskört lite genom åren, varit på väg att anmäla mig till en körskola, skaffat teoriböcker. Men aldrig kommit till skott ordentligt. Anledningen till att jag plötsligt, nu i min ålder, började övningsköra var en del i våra framtidsplaner. Jag insåg vikten av att både maken och jag behövde kunna köra bil om vi någon gång i framtiden skulle flytta till Spanien. Praktiskt och viktigt. Så projekt övningskörning startade senhösten 2017. Jag kände mig rätt felplacerad på körskolan. Vid handledarutbildningen kunde jag snabbt konstatera att självklart var jag äldst bland alla deltagare. Dessutom var jag rädd för min körskollärare och var nervös varje gång vi skulle köra tillsammans. Jag tyckte att hon var fruktansvärt barsk. Efter tredje lektionen insåg jag att det var ohållbart och berättade om min nervositet. Där bröt vi isen. Hon var inte alls barsk, nej inte alls, bara tydlig. Det var nog mest min osäkerhet som spökade. Jag löd handledarens råd, "satte kepsen bakofram" och blev lite tuffare och modigare i körningen. Halvåret senare tog jag mitt körkort utan minsta påpekande!

Besked från Svenska Skolan dröjde och vi började bli smått otåliga och frustrerade av att inte veta. Nu hade vintern släppt sitt grepp och försiktigt börjat övergå till vårvinter. Sonen var tvungen att ta ställning till alternativa skolplaner. Samtalen med nuvarande skolans studie- och yrkesvägledare hjälpte oss något. Vi förstod ju att han behövde för säkerhets skull söka in även till svenska gymnasieskolor. Men vad skulle han välja? Språk, musik och samhällsfrågor är de ämnen som han både då och även nu är mest intresserad av. Det är några av hans intressen och drivkrafter. Det märkliga var ju att han hade sökt in på Naturvetenskapliga programmet till Svenska Skolan eftersom skolans programurval var relativt begränsat. Plötsligt föll bitarna på plats och sonen kom fram till att humanistiska programmet med en internationell inriktning skulle bli det svenska gymnasievalet. I väntan på besked från Svenska Skolan försökte vi få klarhet i hur pass realistiska, intressanta och "rätt" våra alternativa planer egentligen var. Vid det här läget insåg vi att vi snart behövde ta ett mentalt beslut. Svenska Skolans besked skulle komma först i april hade vi fått reda på. Processen var långsam och frustrerande.   Vi hade ju inte någon som helst kontroll på händelseförloppet. Allt kändes osäkert i och med att vi inte visste något om vilket besked vi skulle få från Svenska skolan. En viss tveksamhet hade nu börjat smyga sig in i våra tankar. En kväll i slutet av mars satte vi oss ned vid köksbordet och la upp tre A4 papper med tre alternativa val. Vi behövde väga för och nackdelar mot varandra.

1. Svenska Skolan, Naturvetenskapliga programmet – För och nackdelar
2. Läsa på distans, Humanistiska programmet, alternativt ett sabbatsår - För och nackdelar
3. Svenskt gymnasium Humanistiska programmet - För och nackdelar

Det är så märkligt. Man tror att man vet vad man vill. Vilken väg man ska ta. Vilka beslut som behövs fattas för att nå fram till målet. Sedan händer något under vägens gång som stör planerna. Ibland kan man påverka det störande momentet. I vissa fall kan man bara stå och titta på utan att egentligen kunna göra någonting. Så kändes det för oss. Vi hade vetat vad vi ville under hela processens gång. Plötsligt blev vi väldigt osäkra. Fanns det någon underliggande mening med att det gick så långsamt och trögt? Att vi fick vänta i en oändlighet på att få svar. Vad det en prövning? Om vi skulle hålla måttet? Jag vet inte vad det var, men det kändes som att vårt tålamod och energi höll på att rinna ut. Vi ville veta nu! Vi ville kunna agera nu! Vi ville ha allt klart nu! Men icke, så var det inte – utan vi fick snällt sitta och vänta…

Här satt vi nu med tre tomma vita A4 ark. Enbart överskrifterna var ifyllda. Ingen av oss visste hur vi skulle börja. Sedan satte vi igång att prata, jämföra, väga för och emot. Sakta öppnades sinnena upp och det blev lättare att tänka nya banor. Plötsligt uttalade vi tankar som vi själva bara hade snuddat vid, men inte yppat dem till någon av oss andra. Vi vågade möta tanken att vi faktiskt kanske inte skulle komma iväg på vårt livs äventyr. Inte just nu i alla fall. Sakta, sakta började vi alla tre lägga pusslet. Bit för bit nystade vi upp trasslet av senaste månadernas planering och förvirring av tankar och funderingar. En springande punkt för sonen var att han hade insett att han absolut inte ville läsa det Naturvetenskapliga programmet. Han var precis i sluttampen på nian och oerhört trött och sliten. Skulle han mäkta med att läsa så mycket matte och ämnen som egentligen inte låg honom närmast om hjärtat? Han var osäker. Vi blev osäkra. Hans ärlighet och självinsikt imponerade på oss. Det var starkt och moget av honom att våga uttala sin oro. För konsekvensen skulle ju bli att vi i så fall kanske var tvungna att lägga om vår kursriktning. Jag lovade att kolla med skolan i Fuengirola om det fanns andra alternativ eller lösningar på den här nya insikten.

Vi hade en teori när vi sökte till skolan. De som läser Naturvetenskapliga programmet kanske prioriterar studier lite mer framför festandet. Och att han förmodligen skulle umgås mest med de elever som läste samma program. Kanske lite mer pluggande och mindre festande? Vi förstod ju att det nya livet på gymnasiet i Fuengirola även skulle innebära en öppnad dörr till mer uteliv, häng på stan och umgänge som vi kanske inte riktigt hade koll på. Även om vår son inte var eller är någon festkille i den utsträckningen så var vi faktiskt en aning oroliga för att han kanske skulle hamna i "fel" umgänge. Han hade även pratat en hel del med sina äldre systrar som arbetar inom skolan och en av dem dessutom som gymnasielärare. Vårt tidigare resonemang var, bättre att satsa lite högre och sen i så fall växla ner till samhällsprogrammet om det skulle bli för tufft.

Som ni kanske förstår var det inte helt lätt. Men vi lovade varandra alla tre att vara öppna i sinnet och lyssna in vad som var viktigast. Trots detta hade jag en liten obestämd känsla i kroppen. Jag kunde inte sätta fingret på vad det var. Men en viss oro eller kanske rättare sagt en varslande känsla av att vägen kanske inte skulle bära av till Fuengirola trots allt, inte nu, kanske sen.

15. BESLUTET

Ett par veckor senare fick vi ett oväntat men mycket glädjande samtal. Det var en bekants bekant som var mycket intresserad av att hyra vårt hus från och med augusti. Vilken positiv nyhet! Dessutom kände vi till personen i fråga och vi uppfattade honom som en lugn och stabil person med koll på läget. Fantastiskt! Men så frustrerande det var att vi inte kunde ge klara besked till den tilltänkta hyresgästen. Vi bad att få återkomma så fort vi hade saker och ting klart med skolan. Det kändes riktigt hoppfullt och nästan som ett tecken på att våra planer ändå skulle gå i lås.

Efter bara någon vecka eller så, närmare bestämt i mitten av april, kom nästa besked. Beskedet som vi så otåligt, förväntansfullt och nervöst väntat på så länge. Ska jag vara ärlig så hade vi vid det här laget ingen aning. Vi hade nästan gett upp, men intalat oss att "Har vi inte fått svar, så är det ju inte ett nej". Omtumlade och lätt chockade läste vi brevet. JA! Han hade kommit in på skolan! Svenska skolan. Naturvetenskapliga programmet önskade vår son välkommen till höstterminen 2018. Skolan behövde vår bekräftelse på att vi tackade ja senast den 20 april. Vi som nästan gett upp hoppet Nu blev vi stressade på allvar. Plötsligt var alla frågetecken uppklarade och pusslet var färdiglagt.

1) Han hade kommit in på skolan.
2) Vi hade en hyresgäst till villan hemma.
3) Vi hade två alternativa boenden på gång i Fuengirola.
4) Maken och jag kunde ta med jobben utomlands och jobba på distans alternativt resa enkelt när det behövdes.

Då var det väl bara att tuta och köra! En svindlande känsla! Inget som hindrade oss att uppfylla drömmen! Äventyret väntade runt hörnet! Eller???

Vi hade bara några dagar på oss att återkomma till skolan med beskedet. Återigen satte vi oss ned vid köksbordet och hade familjeråd. Hur gör vi? Sonen tog ett djupt andetag, darrade lite på rösten och uttalade tydligt en mening bestående av fjorton ord. Fjorton ord som vi inte kunde missuppfatta.

"Jag har kommit fram till att jag trots allt inte vill läsa Naturvetenskapliga programmet." Han fortsatte "Det är inte rätt för mig. Jag vill ju läsa Humanistiska programmet. Jag vill läsa språk. Fortsätta med spanskan, fortsätta med japanskan och lära mig franska."

För några sekunder gick luften ur mig. Ångesten svepte över mig som i en våt filt. Besvikelsen rusade likt en flock skenande hästar genom hela kroppen och upp till huvudet. Öronen surrade. Jag blundade. Tog ett djupt andetag. Samlade ihop mig och sa. "Vi förstår. Viktigast av allt är din framtid och din utbildning." Jag menade det verkligen och även om jag kände en djup besvikelse, gjorde jag allt för att inte visa mina känslor. Pappa höll med och nickade instämmande. "Det är din utbildning och dina val som självklart är viktigast", tillade han. "Vi stöttar dig helt och fullt i dina beslut. Spanien finns kvar." Sonen såg lättad ut, att äntligen kunnat fatta ett beslut och ett beslut som inte var lätt, men ett oerhört moget och modigt beslut. Moget att satsa på sin utbildning i första hand istället för äventyret.

Självklart hade vi blandade känslor alla tre. En av oss var absolut mer frustrerad än de två andra. Som ni kanske redan har gissat så var det för mig som att rusa rakt in i en stängd dörr – tvärstopp. Även om jag rent intellektuellt förstod att det här helt och fullt var rätt beslut så blev det för mycket för mig känslomässigt. En urladdning och ett stort nederlag för våra drömmar, mina drömmar, som vi hade jobbat för under så lång tid. Även om jag lovade mig själv att inte vara egoistisk kändes det fruktansvärt hårt att inse att vi skulle förbli hemma utan något äventyr runt hörnet. Men återigen, sonens utbildning och välmående gick självklart i första hand, det var odiskutabelt tyckte även jag.

Som en liten tröst och ett försök att "störa" min frustration tog maken och jag en liten minisemester för att möta våren i Kroatien. Jag ville faktiskt inte alls åka till Spanien i det här läget. Men jag längtade så enormt mycket till Medelhavet, det turkosblåa vattnet, solljuset och den lena värmen, att få känna sanden under mina bara fötter. Kroatien är ett vackert land, med sin grönskande natur, skärgård och mat och härliga gästvänlighet. Ett kärt återbesök, vi hade ju varit där förut. Några dagars "Medelhavspåfyllning" gjorde gott för både kropp och själ.

Under försommaren landade jag så småningom i en acceptans och förlikade mig med att äventyret fick vänta något.

16. SVENSK SOMMAR
OCH HÖSTENS VEMOD

Sommaren 2018 var en av de varmaste somrarna i mannaminne. Redan innan vi visste att det skulle bli en fantastisk sommar hade vi tagit beslutet att inte åka utomlands på semestern. Den ursprungliga planen var ju att vi skulle lämna Sverige i augusti i samband med skolstarten i Spanien. Dessutom hade sonen varit i Hongkong under påsklovet och hälsat på sin äldre bror som bodde där. Det fick räcka med resandet för ett tag. Vi fick hålla lite i plånboken helt enkelt.

Den svenska sommaren var verkligen ljuvlig. Havet var varmare än någonsin. Märkligt och glädjande nog utan några som helst spår av alger i vår skärgård. Solen sken från en klarblå himmel dag efter dag. Vi ska inte gå in på funderingarna varför sommaren var så varm. Kanske berodde det på klimatförändringarna. Fruktansvärda bränder härjade runt om i Sverige och ute i Europa. Bönderna grät och skogsägarna grät. Men vi kunde inte göra annat än njuta av solen och värmen. Jag minns en av dagarna. Vi hade åkt ut till vårt favoritklippbad i skärgården. Havet var lugnt, inte en krusning i vattnet. Där låg jag, flytande på rygg utan att frysa och tittade upp mot den klarblåa himlen. Jag sa till mig själv: "Kom ihåg den här dagen, behåll känslan av total njutning, glädje och tacksamhet till livet." Tack vare att sommaren visade sig från sin bästa sida kunde jag hålla tankarna om familjeäventyret på avstånd. Jag höll mina frustrerade tankar i schack, i alla fall för tillfället. Så fort höstkylan och mörkret började krypa närmare skulle jag inte kunna stå emot så länge till. Men jag sköt bort tankarna och hängav mig åt att njuta av livet, solen och sommaren. Vi hade ju det fantastiskt, utan tvekan.

Med ett vemod lämnade augusti över till september. Ljuset och naturens färger förändrades. Det var fortfarande sommarvärme och jag badade ännu i det ljumma havet. Till och med kvällarna var härliga, även om skymningen smög sig på tidigare dag för dag. September passerade i en rasande fart. Oktober kom obarmhärtigt. Trädens löv började så smått skifta i orangerött. Vi kunde njuta av sensommarvärme ytterligare några dagar. Men nätterna var nu kyligare, vilket märktes direkt på vattentemperaturen som sjönk snabbt nedåt till 14–15 grader. Ett hastigt och isande kallt dopp fick avsluta en fantastisk lång och underbar sommarsäsong. Trots att solen värmde upp luften mitt på dagen så var hösten här på riktigt. Jag bävade för att snart skulle trädens löv obönhörligen falla ned till marken som en eldfärgad matta och vinterns mörker skulle stå inför dörren.

Höstens ankomst, min frustration och längtan efter utlandsvistelsen gjorde en vemodig entré tillsammans hand i hand. Det kändes som att sommarens njutning enbart hade varit en parentes i tillvaron. Ingen dålig parentes, nej en helt underbar parentes. Men vad skulle hända nu? Skulle jag orka bibehålla mitt välmående och skulle jag kunna behålla känslan av tillfredsställelse? Eller skulle frustrationen och längtan till Medelhavet smyga sig in i min tillvaro för att till slut sluka mig igen? Jag fick vara glad så länge jag kunde behålla sommarens minnen levandes i mig.

När hösten väl fick grepp om vädret och vår tillvaro var det bara att acceptera faktumet, hösten var här på riktigt. Dagarna blev kortare, regnigare och kyligare för var dag som gick. Plötsligt var det november, gråhetens månad. Inget roligt på gång och ännu så länge inga resor inbokade att se fram emot. Jag kände en rastlöshet som kröp i både kropp och sinne. Märkligt nog hade jag varken behov, lust eller längtan att skanna av den utländska bostadsmarknaden. I och med beslutet att sonen skulle studera i Sverige kände jag en uppgiven hopplöshet gällande mina egna drömmar. Med insikten att det skulle dröja länge innan vi fick en ny chans att bosätta oss utomlands gick luften helt enkelt ur mig. Poff! Energin och glädjen säckade ihop som en sprucken ballong. Jag tror inte att jag öppnade en endaste bostadslänk på flera månader. Min kvarvarande energi och mitt fokus lade jag istället på att bli klar med mina studier och skaffa mig så bra betyg som möjligt. Vilket jag tyckte var mycket klokt, förståndigt och moget av mig! De "rosaskimrande solglasögonen" hade jag lagt på hyllan. Här gällde det att se klart och tydligt. Ta ansvar och inte slösa bort tiden med "sånt trams" som att bara sitta och bostadssurfa på nätet. Så fortsatte jag resten av hösten fram till jul. Ordning och reda, inga utsvängningar i bostadsmarknadens djungel. Sonen trivdes på den nya gymnasieskolan. Han var mycket glad och nöjd med sitt val, vilket vi alla tre var så oerhört tacksamma över förstås. Maken och jag jobbade på med företaget, allt rullade på helt enkelt. En ganska händelselös höst. Julen stod inför dörren och med den kom även snön, i massor. Vinter, kyla och is. Visst kan jag tycka att det är mysigt med snö och vinter. Jag minns de härliga vintrarna i Åre, dit vi brukade åka. Jag är dock ingen glidare på skidor, ska jag erkänna. Så de svarta backarna överlämnade jag med darrande ben och varm hand till proffsen.

17. NYTT ÅR

Nytt år 2019. Januari fortsatte med snö och is. En ren livsfara för gående. Det fick jag själv erfara när jag en lördagseftermiddag var ute på promenad. Plötsligt, utan att jag själv kunde förstå vad som hände, låg jag på backen. Jag hade handlöst halkat på en plastskiva gömd under snön. Inte en chans att stå på benen eller parera. Fallet blev så hårt och jag kände en ilande smärta i handleden när jag en hundradels sekund senare låg på alla fyra på backen. Ilskan forsade genom kroppen för jag insåg i samma sekund vad som hade hänt. En bruten handled. Jag försökte resa mig upp men allt svartnade för ögonen och tårarna rann nedför kinderna. Det var bara att sätta sig ner på backen. Hulkande ringde jag maken. Inom fem minuter var han på plats med bilen och körde mig hem. Väl hemma satte jag mig ned på köksgolvet. Vi hällde mängder av olivolja över fingrarna för att få av ringarna innan fingrarna svällde upp. Den praktiska delen av hjärnan hade slagit till. Självklart får de inte klippa upp mina vigselringar! Det skulle vara en större katastrof än den brutna handleden. Sen bar det av till akuten.

På sjukhuset fick jag sällskap av alla andra, minst ett 50-tal personer som brutit ben, armar och händer på grund av halkan. För min del blev det operation en vecka senare eftersom brottet var så pass illa. En metallbit opererades in för att stabilisera handleden. I min bekantskapskrets var vi tre personer som under loppet av en månad hade halkat och brutit handlederna. Som ni förstår blev det ingen skidresa för oss den vintern. Det var ännu en påminnelse och bekräftelse att jag inte är någon vintermänniska, utan våren samt sommaren och jag är definitivt bästa vänner. Jag kände mig oändligt uttråkad, på gränsen till deprimerad.

Som plåster på såren bestämde vi oss för att ta en liten weekendresa till Paris, maken, sonen och jag. På sportlovet bar det av till kärlekens stad, Paris. Det var några år sedan jag senast hade varit där och det var ett härligt återseende. Det var fantastiskt mysigt och själsligt välgörande att möta våren i Paris. Trots att det bara var i slutet av februari så värmde vårsolen upp våra frusna vinterkroppar. Det var en sådan underbar njutning att kunna sitta utomhus och äta lunch, fika, ta ett glas vin och titta på folk som flanerade förbi. Vi turistade och promenerade oss igenom i stort sett hela Paris. Bland annat hann vi med, Eifeltornet förstås, Place du Trocadéro, underbara och charmiga Montmartre, självklart katedralen Sacré-Cœur, Triumfbågen och Louvren. Och förstås Notre-Dame som var under renovering, precis innan kyrkan tragiskt nog brandhärjades så svårt.

På kvällarna åt vi middag på mysiga små bistros med rödrutiga dukar och levande ljus. Allt var helt perfekt tills en kväll då jag ur ena ögonvrån såg en mus! En liten mus som sprang mellan borden en bit ifrån oss. Jag blinkade till och kikade igen. Tänkte om jag hade sett fel. Men den lilla musen var kvar. Njae, det var väl inte riktigt vad vi hade hoppats på att se. Musen och jag tittade förskräckta och förvånade på varandra. I nästa sekund tvärvände den lilla rackaren och sprang bort mot den inre delen av restaurangen. Kyparen var totalt oförstående när vi påpekade det hela, som att det var väl inget konstigt med det. Vi var oerhört glada att besökaren var en mus och ingen råtta! Min fantasi tog mig till scenen i filmen Råttatouille där gästerna blev stela av förskräckelse över restaurangens objudna gäster. Inte heller kunde vi lämna maten på tallrikarna och gå, eftersom vi redan hade hunnit igenom middagen när den lilla musen uppdagades under borden. Så fort maten var uppäten tackade vi för oss och lämnade den lilla charmerande bistron och musen snabbare än vad som var tänkt. Vi var också överens om att nästa kväll skulle vi välja en restaurang utan mus.

En liten betänklighet hade vi faktiskt haft innan vi for iväg till Paris. Hur skulle det kännas med stadens säkerhet? Vi hade upplevelsen från vårt Barcelonabesök kvar i minnet. Men Paris i februari hade inte alls någon anstormning av turister på samma sätt som högsäsongen i Barcelona. Visst märktes det att säkerheten var extremt mycket högre nu än förr.

Poliser och väktare fanns i stort sett överallt. Men som sagt, vi kände oss inte oroliga. För säkerhets skull höll vi lite avstånd till alla stora folksamlingar i den mån vi kunde. Dagarna i Paris gick alltför fort. Plötsligt var vi hemma i Sverige igen i den kalla vintervardagen. Mer än någonsin längtade vi efter vårens värme och ljus. Så vad gör man då? Mer än bara väntar in våren? Ja varför inte fundera på nästa semestertripp.

18. SKRÄCKNATTEN

Jag glömde nämna tidigare att strax efter årsskiftet hade vi bokat in en påsklovsresa till Alicante. Veckorna rullade på, med en vardag som inte gjorde några större avtryck. Äntligen var det dags för vår efterlängtade påsklovsresa. Vi ville så gärna delge sonen våra underbara upplevelser av Costa Blancas vackra kust. Den här gången skulle vi vara borta i åtta dagar. Tanken var att vi ville hinna med att besöka några av pärlorna längs kusten. Sonen ville absolut till Benidorm. Jaha, varför då kanske ni tänker? Inte för att åka dit och festa, det var han fortfarande för ung för. Nej, till saken hör att våren innan hade han ju varit och besökt storebror i Hongkong. Kontrasternas stad med de mäktiga och ofattbart höga skyskraporna. Den trollbindande grönskande naturen. De hisnande vandringslederna med magiska utsikten över det glittrande havet. En stad som har allt och en stad som aldrig sover. Sonen hade fått berättat för sig att Benidorm minsann var Europas svar på Hongkong i avseendet av skyskrapor i alla fall. Någon bil skulle vi inte hyra, utan det fick bli att tuffa fram med tåget, tramen och några stopp längs vägen. Slutmålet var Denia, där skulle vi hälsa på några goda vänner.

Flyget lyfte från Arlanda, det var kväll och vi kom fram till Alicante någon gång efter midnatt. Laddade och förväntansfulla såg vi fram emot att upptäcka kustens små guldkorn tillsammans alla tre. Eftersom vi skulle landa sent hade jag efter mycket om och men till slut hittat ett hotell som uppfyllde våra behov för första natten. Hotellet behövde ligga inne i centrala Alicante, ha öppen reception dygnet runt, ha ett trebäddsrum och inte för dyrt eftersom vi bara skulle sova där några timmar. Dessutom ville vi att hotellet skulle ligga nära tramstationen

Lucero eller Mercado. Vi hade fortfarande ingen direkt relation till Alicante utan det här var mer en praktisk lösning. Valet hamnade på ett halvstort hotell ett stenkast från Lucero. Jag hade noggrant kollat upp omdömena på de olika bokningssidorna och hotellet låg någonstans runt 7,5 av 10 poäng. Det vill säga, ett hotell som klassades som bra.

Taxin stannade utanför porten. På husfasaden lyste den skrikiga rosa neonskylten med hotellets namn. Klockan var runt 01.30 på natten. Nattportieren var mycket vänlig och talade riktigt bra engelska. Snabbt och smidigt checkade vi in, utan några som helst krångligheter. Trots den sena nattimmen log han ett bländande vitt leende och lämnade över nyckelbrickan till oss. Han hänvisade oss till översta våningen och att vi kunde ta hissen upp. Vi klev in i den trånga hissen. Det var precis att vi fick plats alla tre med våra väskor. Hissen tog upp oss de fyra våningarna, kanske var det fem, jag minns inte så väl. Efter någon minut var vi uppe och krånglade oss ur den trånga hissen. Låste upp den enda dörren som fanns på våningsplanet. "Aha, en vindsvåning, mysigt", hann jag tänka. Vi klev in i rummet och tände lampan. Va? Var det här ett hotellrum? Näe? Vi måste ha kommit fel. "Vad faan, vad är det här? Här kan vi ju inte sova." fräste maken. Humöret hade sjunkit som en sten i vattnet, fort och hårt, vilken djupdykning. Det vi såg när vi öppnade dörren och tände lysröret i taket var ett gigantiskt stort rum, nästan som ett klassrum med ett par pelare mitt i rummet. Tre enkelsängar stod planlöst utspridda längs tre olika väggar i rummet. Ingen matta, inga gardiner, inga sänglampor. Jo förresten, en sänglampa fanns vid en av sängarna. Inga möbler i övrigt i detta gigantiska rum, eller rättare sagt denna sal. Ett pyttelitet badrum var placerat längst inne i ett av "rummets" hörn. Tack och lov kunde vi konstatera att det i alla fall inte var smutsigt någonstans. Inte vad vi kunde se åtminstone. Men vilket vedervärdigt rum! En fantastisk start på semestern. Stämningen var nere på noll. Det var mitt i natten, ingen idé att ens försöka byta hotell eller rum. Det var bara att gilla läget, lägga sig ned och försöka sova. Som grädden på moset så var det svinkallt. Maken låg demonstrativt med jacka och byxor på, sur som en ättika. Sonen och jag framstod väl inte heller några muntergökar, men jag förstod att här var det bara att försöka hålla tyst och god min. Sova sig igenom natten och snabbt checka ut.

Den natten blev det inte mycket sömn, det var kallt, obehagligt och fruktansvärt helt enkelt. Inte ens sängarna var sköna. Det positiva var i alla fall att när vi vaknade strax innan klockan nio på morgonen kunde vi konstatera att solen lyste från en klarblå himmel. Vi kunde bocka av den första och sista natten i ett av de mest hopplösa hotellrum vi någonsin varit med om. Aldrig mer skulle vi behöva sova i detta rum. Det var vi helt överens om och bara det var ju glädjande. Vi samlade ihop våra saker så snabbt som möjligt och tog hissen ned till receptionen. Jag hade förstått när jag bokade rummet, att i priset skulle det även ingå frukost, vilket inte är helt självklart i Spanien. Det var ju bra förstås. Frågan var bara, var är frukostrummet? Jo det visade sig att den närliggande baren dörr i dörr med hotellet erbjöd frukost. Av portieren fick vi varsin biljett som vi skulle visa upp för servitören. Mycket riktigt, vi gick in i baren, visade biljetten, fick en kaffe och en liten baguette. Juice, yoghurt eller andra lyxiga tillbehör var bara att glömma. Vi som älskar frukost blev lite besvikna förstås. Men vad kunde man förvänta sig efter denna natt? Det var trångt inne i den lilla baren av frukostätande spanjorer och några andra turister. Till slut hittade vi ett runt litet bord och klämde oss ner. Vi sörplade i oss kaffet och åt upp den lilla baguetten som faktiskt var riktigt god med någon slags tomatsalsa på. Tio minuter senare stod vi ute på gatan och funderade på vilket håll skulle vi gå för att komma till tramstationen?

Att åka det fina tåget längs kusten från Alicante och förbi den ena byn, orten eller staden efter den andra är ett trevligt sätt att resa. Men man får inte ha bråttom. Tåget går inte fort och det stannar på väldigt många stationer innan slutdestinationen, som denna dag var Benidorm för vår del. Men det kändes bra att få sitta på tåget igen. Tågen är fräscha och det är oftast ganska gott om sittplatser. Eftersom många även pendlar med tramen mellan orterna så kan det förstås vid vissa tider vara rätt mycket folk. Men som sagt, ett smidigt och trevligt sätt att ta sig fram. Bättre än bil i det här fallet tyckte vi. Nästan som en modern tågluffning, skojade vi om. Jag tänkte tillbaka på min ungdomstid och mina tågluffningar. Hur sjaviga en del tåg kunde vara och hur långt vi åkte utan sovvagn, en hel natt sittande på ett obekvämt säte och utan någon större bekvämlighet. Det var tider det. Nu för tiden var vi nöjda efter ett par timmar på tåget och för att sen vara framme vid målet. Tågluffning light! Både jag och pappa Ulf såg fram emot att vår son skulle få ta del av den fantastiska atmosfären, miljön och naturen. Det var en härligt skön aprildag. Den något krispiga och morgonsvala luften hade bytts ut till en försommarvarm dag, som en svensk sommardag helt enkelt.

Men nu måste vi skynda, skynda. Det underbara turkosblå havet väntar!

19. BENIDORM

Jag stod ute på balkongen och höll mig hårt i räcket. Det var knappt att jag vågade titta ut över kanten. Med stela raka armar och kroppen på ett betryggande avstånd från balkongräcket kändes det lite mindre obehagligt. Fjärilarna kittlade i magen. Det var svårt att fullt ut uppskatta den vidunderliga utsikten som erbjöds där jag stod sjutton våningar upp. Sonen jublade av lycka. Jag mådde lite lätt illa av höjdskräck. Maken kom smygandes ut på balkongen och jag hörde honom bakom mig. Rent instinktivt släppte jag balkongräcket och tog ett betryggande steg tillbaka in mot terrassdörren. "Helt galet att man har en öppen balkong så här högt upp" sa jag med lite väl gäll röst. "Äsch, det här är väl inget, så mesig du är mamma. I Hongkong stod jag ute på balkongen trettiotvå våningar upp" svarade sonen. "Men då var det så högt upp att man tappade perspektivet" fortsatte han.

Hur som helst, här i Benidorm hade vi tagit in på ett av de finare hotellen med milsvid panoramautsikt över staden och kustremsan. Det turkosa Medelhavet låg rakt framför oss. Rummet, eller rättare sagt sviten var luftig, ljus och fräsch. Den bestod av ett sovrum och ett vardagsrum med en bäddsoffa. Här skulle vi bo i två nätter.

Benidorm är en märklig stad med alla dessa skyskrapor. Det hela känns konstgjort och overkligt. Ingen plats som jag skulle vilja leva på. Men samtidigt lite fascinerande. Benidorm kallas också för "Spaniens Manhattan". Ett av Benidorms högsta hotell heter Gran Hotel Bali. Skyskrapan är 186 meter och 52 våningar hög. Enligt uppgift ska det vara ett av Europas högsta hotell med nästan 800 hotellrum. Men vi hade som sagt valt ett annat lite mindre hotell med bara runt 20 våningar. Hungern gjorde sig påmind igen. Efter att vi hade beundrat utsikten och installerat oss i sviten tog vi hissen ner och begav oss ut. Sonen som tyckte att han minsann hade suttit still alltför länge, utmanade sig själv och sprang alla sjutton våningar ner till bottenplanet. Själv blev jag alldeles trött av tanken. Det fick absolut bli hissen för min del. Väl nere ute på gatan tog vi sikte på att ta oss ner mot strandpromenaden. Solens strålar nådde inte ända ner till gatorna på grund av alla höghus och skyskrapor och det kändes nästan lite småsvalt. Tur att jag hade tagit med mig koftan. Jag kan väl inte direkt påstå att jag tyckte att omgivningen var vare sig vacker eller charmig. Möjligtvis kan jag beskriva stan som annorlunda. Visst var det lite intressant att studera skyskrapornas olika byggnader. Men mer var det inte. Till slut hade vi hittat ner till strandpromenaden. Det var skönt att komma ut ur skuggan och istället få känna solens värmande strålar igen. Stranden var imponerande lång. Eftersom vi inte hade någon aning om var vi skulle gå chansade vi och gick åt vänster, norrut. Vi trängdes med pensionärer som åkte på sina permobiler, joggare, romantiska par som var ute och flanerade, fulla och lite för skräniga engelsmän (förlåt mig...), cyklister, barnfamiljer och andra turister. En salig blandning helt enkelt. Vi passerade det ena stället efter det andra. Allt för många restauranger var mer engelska än spanska och skyltade med "English Breakfast", "Sportbar" eller liknande. Var är det spanska genuina? Absolut inte på Benidorms strandpromenad i alla fall. Till slut sjönk blodsockret till bottennivå och nu var det kris. Vi var tvungna att hitta något matställe nu genast! Nästan i slutet av stranden hittade vi äntligen ett matställe som kändes helt okej. Lättade slog vi oss ned i de sköna korgstolarna och inväntade kyparen. Maten var väl ingen höjdare, men vi blev mätta och belåtna och fick släcka törsten med en isande kall öl. Maken och jag var noga med att inte beställa en stor stark. För vi ville absolut inte att någon skulle förväxla oss och tro att vi var brittiska.

Man kan ställa sig frågan: Finns det något som är charmigt och genuint i Benidorm? Kanske är man snabb och säger, "Nej, absolut inte". Det är bara skyskrapor, pensionärer, fest och fejk i en galen blandning, lite beroende på årstiden. Vi kände att vi var ju tvungna att undersöka saken. Vi visste att en gång i tiden hade staden varit en fiskeby, en av

Spaniens äldsta faktiskt. Var fanns rötterna? Det gamla. Fanns det något kvar av Benidorms historia och själ?

Efter maten hade vi fått ny påfylld energi så vi travade på längs strandpromenaden tillbaka söderut. Nu tog vi sikte på att gå längst hela stranden fram tills den tog slut. Så här i efterhand har jag kollat upp och strandpromenaden visar sig vara ungefär fem kilometer lång. Så det blev en rejäl promenad som tog sin lilla stund. Eftermiddagen började övergå till tidig kväll. Solen värmde fortfarande skönt och det var bara en svag bris från det stilla havet. Benidorms stränder är både långgrunda och breda med finkornig sand. Jag kan förstå att det är en mycket uppskattad semesterort för dem som gillar skyskrapor! Fast själv skulle jag inte vilja vara här en het augustidag och trängas med alla andra turister. Nej tack!

Vi flanerade som sagt ända fram till strandpromenadens slut. Där lämnade vi skyskraporna bakom oss, plötsligt kändes det som att vi var något på spåren. "Är det här Gamla stan börjar?" frågade vi oss själva. Vi fortsatte en liten bit till och plötsligt hade Benidorm bytt skepnad. Vi hade funnit stadens hjärta. Gamla anrika byggnader, spännande och vacker arkitektur. Låga gamla hus och trånga slingrande små gränder med ojämna kullerstenar. Vägen ledde oss uppåt mot kyrkan och det lilla torget utanför, Placa del Castell med den vackra kyrkan Iglesia San Jaime. Här hade tiden stått stilla och det kändes härligt att få andas in det gamla, genuina och oförstörda. Platsen bjöd på fantastisk utsikt över havet och staden.

Om du står på den högsta punkten i staden befinner du dig på ett gammalt kanonbatteri. Under flera hundra år härjade nämligen farliga sjörövare längs kusten. Tack vare den fria utsikten över havet kunde man med lätthet se om någon närmade sig sjövägen. I dag har det lilla området gjorts om till en vacker och hänförande utsiktsplats. Därifrån kan man njuta av havet, himlen och den lilla ön Isla de Benidorm, som ligger cirka tre kilometer ut i havet.

Den spektakulära och fantastiska balkongen, som också kallas för "Balcón del Mediterráneo", är uppbyggd på yttersta klippan på udden nedanför. Klippan delar de två olika stränderna. Utsikten är vidunderlig från denna del av staden. Till och med skyskraporna var vackra på avstånd, ståtligt uppradade och i klungor längs hela strandlinjen. Vilken lycka att vi hittade hit.

På vägen ner från utsiktsplatsen passerade vi en mängd mysiga små spanska restauranger. Vi var fortfarande i den gamla delen av staden. Solen började gå ner och allt blev mjukare och varmare på något sätt. Ett varmt sken spreds från restaurangernas fönster, inbjudande och lockande. Dofterna och ljuden runt omkring förstärkte helhetsintrycket. Det här var bra, riktigt bra. Restaurangerna blandades upp med små och trevliga butiker av olika slag. För en liten stund kunde vi glömma bort den mindre charmiga delen av Benidorm. 100 steg senare hade vi Gamla stan i ryggen och plötsligt befann vi oss i skyskrapornas värld igen.

Två dagar i Benidorm räckte för oss, i alla fall för mig och maken. Möjligtvis hade sonen önskat få stanna kvar och bekanta sig mer med skyskraporna. Men det fick bli en annan gång. Nu skulle vi dra vidare med tåget. Nästa anhalt var Calpe. En kort resa på ungefär bara 40 minuter. Med andra ord ingen långresa med medhavd matsäck och rastlösa ben.

20. CALPE

Det var första gången vi skulle besöka den omtalade kuststaden Calpe med sin spektakulära kalkstensklippa, Peñon de Ifach, som är stadens kännetecken. Den branta klippan sträcker sig ut i havet och är 332 meter hög. Klippan med sin omgivning utnämndes faktiskt till nationalpark 1987 och är Spaniens minsta nationalpark. Parken har en mängd sällsynta och lokala växter samt ett väldigt rikt djurliv (uppåt 300 olika djurarter). Tydligen kan man vandra ända upp till toppen av klippan, vilket förstås inte är något för den höjdrädda. Men vilken fantastisk utsikt det måste vara därifrån! Även Calpe har ett förflutet som en liten fiskeby som har utvecklats till en omtyckt och välbesökt turiststad. Staden har en fast befolkning på ungefär 30 000 invånare och är uppbyggd på många branta backar som leder ner mot stranden. Staden är omgiven av böljande berg, där de olika villaområdena breder ut sig. Många av de exklusiva villorna ligger även här med en hänförande panoramautsikt över havet och klippan. Till vissa delar är det en brant och dramatisk natur, men ack så vackert!

Så, det var en kort summering av staden. Men jag vill även nämna att den har en oerhört charmig Gamla stan och fantastiska långgrunda stränder. Den mest kända stranden är Playa de Levante som är en perfekt familjebadstrand med sin fina sand och det klara vattnet.

Vårt tåg stannade vid stationen i Calpe. En ganska spartansk station, med ett litet stationshus och ett tillhörande café intill. Mycket mer var det inte. Intill stationen var det även en busshållplats, för vidare resor mot städerna norrut och med slutstation i Denia. Vid vårt besök renoverades resterande spår och räls mot Denia, så tåget ersattes med buss under renoveringstiden.

Tillsammans med en medelålders herre och en välklädd äldre dam, samt ett par gängliga spanska ynglingar klev vi av vid stationen. Ungdomarna seglade snabbt iväg förbi caféet och försvann ur vårt synfält. Paret stannade vid caféet för att prata med en av gästerna som de tydligen kände eftersom de hälsade så hjärtligt på varandra med de obligatoriska kindpussarna. Själva stod vi villrådiga en stund och funderade på hur man på bästa sätt skulle komma ned till stranden där vårt hotell låg. Enligt mobilens vägbeskrivning skulle det vara en promenad på ungefär femton minuter, nedför backen och genom stan. Sen skulle det inte vara långt till hotellet som låg på den andra strandlinjen. Lätt som en plätt. Men ibland får man surt erfara att den digitala världen inte är exakt samma som verkligheten. Kartan stämde ju inte alls. Där den tyckte att vi skulle gå, körde bilar i full fart, ingen trottoar fanns, inga övergångsställen fanns. Till slut tog vi sats och sprang över vägen. Med god marginal hann vi över innan nästa ström med bilar kom farande. Kanske inget man rekommenderar, framför allt om man har yngre barn. Men vi som var spänstiga i benen fann ingen annan lösning. Mycket märkligt var det i alla fall. Jag förstår fortfarande ännu idag inte hur man tar sig gåendes från stationen ner till stan.

Slutligen lyckades vi helskinnade ta oss ner för backarna till stadens kärna och den gamla delen av staden. Glatt överraskade möttes vi av små och charmiga stadshus, bestående av max två till tre våningar. En del av husens fasader var utsmyckade med mycket vackra blombeklädda små balkonger ut mot gatan. Trånga, mysiga gator slingrade sig hit och dit och för stunden inte ett endaste höghus inom synhåll. För det visste vi, att även Calpe har sina höghus och skyskrapor, men de håller till nere mot havet. Vi hade fortfarande en liten bit att gå innan vi skulle vara framme vid hotellet. Inför den sista branta backen blev det plötsligt en oväntad prövning för mig. Har ni någon gång varit med om att ni fryser till is av rädsla, obehag, skräck eller liknande? Hur gärna du än vill så kan du inte röra dig. Du är paralyserad. Kroppen lyder inte. Fötterna är som fastfrusna i marken.

I Spanien har de många gånger, av någon för mig oförklarlig anledning, marmorstenar, eller söndernötta kalkstenar som gatstenar. Ibland, om man har tur, kan de vara räfflade för att inte bli alltför hala. Men jag lovar, de är livsfarliga! Framför allt om det regnar och är blött. Tänk dig att promenera nedför en brant backe i smala högklackade skor. Då menar jag att man ska promenera elegant, lätt och ledigt, inte krampaktigt hasa sig fram med små, små steg. Själv hade jag platta, men lätt nedslitna ballerinaskor på fötterna och inte en endaste regndroppe hade blött ner stenarna. Det var torrt och fint på marken. Men hjälp! Jag frös fast av rädsla och vågade knappt ta ett endaste steg. Krampaktigt och stelbent lämnade jag trottoaren och förflyttade mig sakta och försiktigt till säkrare mark. Den asfalterade gatan, trots en och en annan förbikörande bil, kändes i det här läget som ett säkrare alternativ för mig. Nu kanske ni tycker att jag är både harig och nojig. Men till saken hör, eller kanske till mitt försvar ska jag säga, att efter min okontrollerade halkolycka har jag drabbats av halkfobi. Man kan småskratta åt det och tycka att jag överreagerar. Att jag inte ens kan gå nedför en backe. Men det är faktiskt så. Jag är nästan sjukligt rädd att tappa kontrollen på underlaget, halka igen och råka ut för ett benbrott ännu en gång. Jag har halkat och stått på näsan oräkneliga gånger genom alla års vintrar och klarat det utan en skråma, tills den olycksaliga gången... Jaja, så är det och kanske har vi alla olika fobier att slåss mot. Fobier som vi allra helst håller tyst om för att vi kanske till och med skäms för dem. Hur som helst. Till slut kom vi ned utan några missöden, tog sidogatan till höger och kom äntligen fram till det tjusiga hotellet vi hade bokat in oss på. Under promenadens gång hade jag i alla fall lovat mig själv att det första jag skulle göra efter vi hade checkat in var att köpa nya halkfria skor.

Vilken utsikt! Vi stod på balkongen och tittade ut över stranden och havet. Hotellets läge var verkligen perfekt och låg ungefär femtio meter från strandlinjen. Lite längre bort till vänster hade vi den stora mäktiga och imponerande klippan. På strandpromenaden flanerade folk i sakta mak, ingen stress och det såg ut att inte heller vara allt för mycket trängsel. Eftersom det var innan badsäsongen var det relativt lugnt på stranden. En och en annan modig badare hade till och med vågat sig i det fortfarande vårsvala vattnet. Solen sken från en klarblå himmel och en ljummen vind fläktade behagligt. Kunde det bli bättre? Jag tog ett djupt andetag och fyllde lungorna med den friska luften från Medelhavet och kände att det här är livet! Både jag och själen log av lycka.

Hotellet var av det modernare slaget, fräscht och stilrent. Vi hade återigen bokat in oss på en svit, med ett litet minikök och en sällskapsdel samt ett sovrum. Balkongen eller rättare sagt, terrassen var stor och rymlig med plats för både ett mindre fyrkantigt matbord, stolar och två solstolar. Här skulle vi trivas. Vi bodde inte lika högt upp som i Benidorm, men ändå tillräckligt högt upp för att få en bra utsikt över området. Även här skulle vi bo i två nätter.

Så vad gör man i Calpe? Det undrade vi också. Utan någon större koll på staden visste vi att det fanns en gigantisk och spektakulär klippa. Vi gav oss ut på upptäcktsfärd, en skoaffär stod förstås först på listan. I övrigt var det inga konkreta planer. Kanske något att äta och dricka, det var ju några timmar sen vi hade ätit frukost. Hotellet i Benidorm hade bjudit på en gigantisk och läcker frukostbuffé med alla tänkbara tillbehör, till och med champagne för den som ville. Så vi stod oss ännu ett tag till. Vi styrde stegen ner mot strandpromenaden och den långa stranden Playa Arenal-Bol. Snabbt tog vi av oss skorna och gick över den mjuka och solvarma sanden. Den var inte så het som på sommaren, men ändå värmde det skönt under fötterna. Sanden var fin och gyllenfärgad, mjuk och skön att gå på. Flera barnfamiljer hade börjat samlas igen på stranden. Klockan var efter tre och många hade förmodligen varit hemma eller på någon närliggande restaurang och ätit lunch. De packade upp handdukar, parasoll, bollar. Barnen tjoade och skrattade. En härlig eftermiddag för stora och små helt enkelt. Vi hade precis nått fram till vattenlinjen, små vågor slog in mot stranden. Jag drog upp min rosaröda klänning över knäna och vadade ut i vattnet. Först fick jag en liten chock. Vattnet var inte riktigt så varmt som det såg ut att vara. Det kylde snabbt ner mina fötter och vader. Bara att härda ut den första känslan av kyla. Efter någon minut kunde jag njuta av havets friskhet. För en kort sekund förbannade jag mig själv att jag inte hade tagit med mig badkläder till stranden. Men insåg snabbt att det nog ändå kanske var lite för svalt i vattnet för min del. Annat var det för barnen som var ett stenkast ifrån oss. De hoppade och skrattade, skvätte vatten på varandra och tjöt högt och ljudligt när vattnet stänkte ner dem. Promenaden fortsatte längs vattenbrynet. Som sällskap hade vi små guppande vågor som skvätte upp mot benen. Tänk så härligt livet kan vara. Vi diskuterade arkitekturen på många av de höga husen som kantade strandpromenaden. Det var allt lite fascinerande hur lekfullt byggda flera av husen var. Vi lämnade vattenkanten och gick upp på strandpromenaden, satte oss en stund på en av bänkarna som kantade promenaden för att torka bort sanden från fötterna så gott det gick för att sen sätta på oss skorna. Solen fortsatte att lysa. Strandpromenaden hade nu börjat fyllas av fler flanerande människor. Det var ett behagligt tempo och så skönt att slippa all form av stress och jäkt.

Den loja promenaden fortsatte och vi började närma oss slutet av strandpromenaden. Magen kurrade plötsligt och strupen kändes allt nog lite torr. Dags för en mat- och dryckespaus! Av en händelse passerade vi precis en mysig liten strandrestaurang. "Här blir kanon" Vi tog de två trappstegen upp och hittade en perfekt plats för oss tre i halvskuggan med utsikt ut mot havet. Egentligen ville vi inte äta för mycket eftersom det ganska snart var middagstid. Fast lite tapas och ett glas vitt vin går alltid ner tyckte jag. Maken instämde men ville gärna ha en öl. Sonen instämde men ville ha en cola. Alla var nöjda och vi var överens. Härligt när så stora beslut tas snabbt och smidigt utan minsta tvekan! En stund senare var vi tillbaka på strandpromenaden. Vi passerade ett litet hus med en egen liten tomt, nästan som en villa insprängd bland alla stora höga hus. Märklig placering, lite annorlunda och otippat. Det gav oss en liten glimt av hur det kanske hade sett ut innan byggboomen med höghusen hade förändrat stadsbilden för alltid. Calpeklippan hade vi en bit framför oss nu, stor och mäktig, gigantisk helt enkelt! I stället för att gå ända ut till udden och foten av klippan vek vi av till vänster bort mot den lilla saltsjön. Saltsjön, Les Salines, med det rika djurlivet ligger nästan gömd som en glimrande skatt. För dagen var det stilla och spegelblankt vatten. Vattnets speciella färg som ändras beroende på solljuset. Idag var vattnet nästan isblått. Så magiskt, så vackert. Upplevelsen förstärktes dessutom av alla fantastiska rosa flamingos som vadade runt i vattnet. Vackert som en tavla. Synen påminde mig om saltsjön i Peyriac-de-Mer i Frankrike med alla sina hundratals ståtliga fåglar. Jag kom ihåg hur omöjligt det var att få bra bilder. Nu stod vi vid kanten av Calpes saltsjö och blickade ut över vattnet. Både sonen och maken, som aldrig sett flamingos livs levande ute i naturen, häpnades av den fantastiska synen. Bilderna vi tog lyckades tyvärr inte återspegla det vackra mötet mellan de rosa mäktiga fåglarna och den klara isblå saltsjön. Vi får helt enkelt nöja oss med att bevara synen i våra minnen i stället. Trötta och tacksamma över dagens fina avslut vände vi hemåt. På vägen tillbaka passerade vi en supermarket. Vi slank in och köpte skinka, ost, bröd och lite andra godsaker att äta till kvällen. Alla tre såg fram emot att en hemmakväll på hotellet. Äta en lättare middag på terrassen där vi kunde njuta av solnedgången och höra ljudet av havets brus. Ännu en underbar dag hade kommit till ända.

Hela nästkommande dag tillbringade vi med att ytterligare utforska Calpe. Vi besökte de gamla utgrävningarna bortom strandpromenaden och strosade runt i Gamla stan bland de slingrande små och pittoreska gränderna. Från många av husens balkonger hängde vackra blommor av olika slag. Lite shopping hann vi med också. Kvällen avslutades med en makalöst god paella som tillagades omsorgsfullt och med stor kärlek. Vi hade redan dagen innan hittat en restaurang som såg lovande ut. Den låg strax nedanför hotellet, precis innan strandpromenadens början. Tillagningen tog sin lilla tid, men det var verkligen värt att vänta på. Under tiden tog vi in lite förplock på servitrisens rekommendation, så att inte väntan skulle kännas alltför lång. Jag minns musiken som spelades på lagom nivå, en blandning av soft cool jazz, men ändå modernt. Servitrisen blev mycket smickrad när vi glatt påpekade att vi gillade den eftersom det var hon själv som hade satt samman deras playlist. Musik kan både tillföra en skön atmosfär, men "fel" och för hög musik kan vara oerhört störande. När paellan så småningom var klar serverades den från en gigantisk stor paellapanna. Snyggt med alla färger och så ljuvligt gott det doftade! Det här var mat för ett helt kompani och inte en chans att vi skulle orka äta upp allt, trodde vi ja... Makalöst gott, både mat och det lokala vita vinet som sommelieren hade valt ut för att matcha maten och lyfta fram smakerna på bästa sätt. Allt med föredömlig service. Trevligt, avspänt men ändå med klass, vilket sen syntes på notan förstås. Mätta och belåtna tackade vi för oss och gick ut i kvällsmörkret. Klockan hade redan hunnit bli strax innan midnatt. Det hade inte varit några som helst problem att tillbringa tre timmar vid middagsbordet. En kort promenad innan sängdags fick det bli. Dagen efter skulle vi checka ut och åka vidare till Denia.

Precis innan jag somnade kom jag plötsligt på att jag hade glömt att köpa mig nya skor.

21. DENIA

Bussen som skulle ta oss till Denia gick klockan elva på förmiddagen. Eftersom arbetet med spåren fortfarande pågick hade tåget ersatts med buss hela sträckan mellan Calpe och Denia. Vi hade bestämt oss för att ta taxi till stationen. Ingen av oss tre mäktade med att släpa både oss själva och bagage hela vägen ända upp till busstationen. Nej, någon måtta fick det vara tyckte vi. Taxin kom i utsatt tid. I receptionen hade vi uppgett att vi skulle till busstationen för att åka vidare till Denia. In i taxin och iväg. "Men? Det här är väl inte vägen till stationen?" Vi blev både stressade och förvånade när taxichauffören tog en helt annan väg. Plötsligt stannade bilen och han förklarade för oss på knagglig engelska, att nu var vi framme vid busstationen. Mycket riktigt. Visst var det en busstation, men en helt annan. Halvt förvirrade betalade vi och klev ut ur taxin. Därefter gick vi till biljettkassan för att köpa bussbiljett. Den lite bistra spanska mannen upplyste oss att visst kan vi köpa biljett och bussen går klockan 14.00 "Va?" Den skulle ju gå klockan elva, det vill säga om en kvart.

"Jamen, hallå, vi är ju på fel station" konstaterade sonen torrt. Visst förstod vi att vi hamnade fel. Men vi tänkte att bussen kanske gick härifrån för att sedan rulla vidare upp till stationen vid tåget. Snabbt som ögat hann vi haffa taxin igen som inte hade hunnit iväg. Chauffören tittade lite märkligt på oss och ryckte sedan på axlarna. Sonen förklarade på spanska att det hade blivit en liten missuppfattning. Hur som helst, med ett par minuters marginal hann vi i alla fall med bussen. Ingen big deal och det hade väl inte varit någon katastrof om vi hade missat bussen, bara att vänta en timme till nästa. Men det är alltid lite irriterande när det blir fel trots att man är ute i god tid. Bussen rullade fram i sakta mak över berg och genom dalar. Det var en mäktig och till största delen en vacker resa. Vi tog stora vägen in mot land. Jag som blir väldigt lätt åksjuk var lite orolig för resan och hade för säkerhets skull laddat upp med tuggummi mot åksjuka. Vi passerade små ödsliga sovbyar, charmiga och mysiga byar, mindre charmiga byar, lite större byar som gränsade till att kallas städer. En salig blandning. Vi fascinerades av hur elledningar drogs utanpå sjaviga smutsgrå byhus med flagnande puts. Vi passerade så nära, nästan så nära att man kunde kika in genom husens köksfönster och se vad de åt till lunch. Min fantasi skenade iväg och plötsligt såg jag ledningarna som några slags utomjordiska slingriga gråsvarta odjur som klättrade på fasaderna. De var nästan lite farliga och hotfulla, beredda att anfalla dem som kom för nära inpå. Dessutom såg det ju inte speciellt elsäkert ut heller. "Jisses!" konstaterade vi lite förfärade och rullade vidare.

I Denia hade vi bokat en charmig bungalow, med två sovrum, allrum och kök samt en liten trädgårdsterrass. Hotellet och dess omgivning hade sett fantastiskt ut på bilderna och även fått mycket bra omdömen. Lite som att kliva in i en charmerande dröm från kolonialtiden.

"Är vi inte framme snart?" Svetten lackade, kabinväskans hjul mot gruset väsnades så högt att jag med nöd och näppe kunde höra vad maken sa. Vi gick på led, sonen först som hade koll på mobilens vägbeskrivning. Maken i mitten och jag sist. "650 meter till" hojtade sonen tillbaka. "Vi ska ta nästa höger och sen rakt fram, korsa den stora vägen, sen är det andra avtagsvägen till höger." Puh, vilken pärs det var. Varför hade vi inte tagit taxi? Det var så dags att vara efterkloka. Men det såg inte så långt ut på kartan och skulle bara ta runt tjugo minuter att gå. "Skönt att röra på sig, efter att vi har suttit och skumpat på bussen" var mitt argument. Maken var lite tveksam, sonen hängde med på mitt resonemang. Två mot en – alltså blev det promenad till hotellet. A piece of cake tänkte vi när vi lämnade busstationen i den centrala delen av Denia. Väskans hjul hade börjat hacka och rulla i otakt, en stark protest mot det ibland grusiga och knöliga underlaget. Trottoarernas räfflade kalkstenar var allt för hårdhänta mot de stackars hjulen, som nu sjöng på sista versen. Till slut var vi i alla fall framme, svettiga, dammiga och faktiskt helt slutkörda. Tjugo minuters promenad visade sig bli dryga trettio minuter, plus att för varje meter blev bagaget av någon outgrundlig anledning tyngre och tyngre.

Vilket fantastiskt ställe! Precis så mysigt och charmerande som bilderna hade utlovat. En total kontrast mot de tidigare supermoderna hotellen i Benidorm och Calpe. Enligt min smak så trivs jag bättre i en mer bohemisk och mindre stel atmosfär, med varma mjuka färger och former. Hotellets entré var kantad med ståtliga vitmålade vackra pelare. Fasaden var målad i rosa. De pampiga palmerna vajade stolt i den lätta vinden och ramade in det hela. Hotellet och dess omgivning var som tagna ur en film från en svunnen tid. Här skulle vi nog trivas. Det fanns både pool, restaurang och en härlig allmän uteplats under ett vårgrönskande pergolatak. Vi klev in och inspekterade vårt boende. Ingen lyxbungalow, men väldigt mysig.

"Tut, tut!" Ute på parkeringen väntade bilen på oss. Vi skulle åka och hälsa på vännerna som är bofasta strax utanför Denia. Frun i huset hade lovat att hämta oss med deras bil. Eftersom det är en liten cab och ont om plats fick vi tränga oss ner i bilen, maken fram, jag och sonen i baksätet. Trångt, men det gick. Härligt! Vinden i håret och solen lyste från en klarblå himmel idag igen. Resan hem till deras villa tog inte längre än runt tio minuter och på vägen dit fick vi lite snabb guidning. Vi hade en härlig eftermiddag, med bad i poolen, läskande rosévin och smarriga tapas, promenader runt omgivningarna och stranden. Framåt kvällskvisten avrundade vi med en härlig grillning. Vi fick en fantastisk dag. Vännerna pratade varmt och mycket om det spanska livet och vi förstod deras förtjusning helt och fullt.

Denia stad är en riktigt mysig och levande stad. Inga höghus så långt ögat når. Blandad arkitektur, både med klassiska vitkalkade byggnader men även färggranna hus. Vi upplevde den som väldigt fräsch och fick känslan av att det här var en stad där människor lever ett helt vanligt vardagsliv. Med andra ord, ingen renodlad turiststad som Benidorm och Calpe. Denia är vackert belägen vid foten av det grönskande berget och naturreservatet Montgó. Staden har en lång historia med gamla och anrika byggnader i kombination med moderna inslag, vilket resulterar i en lyckad balans. Från början var staden en romersk bosättning och långt därefter även huvudstad i ett arabiskt kungadöme. I och med att Denia ligger vid berget är kustlinjen delvis klippig med vikar, men det finns även en cirka två mil lång gyllene strand som sträcker sig bort norr om staden. I centrum av Denia ståtar det tusen år gamla slottet som erbjuder en vidunderlig utsikt över staden och hamnen. I hamnen guppar de klassiska fiskebåtarna. Många av dem är färggrant målade i klara färger som rött, grönt, gult och blått, andra mer väderbitna och urblekta av det hårda livet ute till sjöss. Det finns även en större hamn för fartyg och färjor med passagerare och gods som trafikerar Balearerna, Mallorca och Ibiza. Denia var en glad överraskning. En mysig och precis lagom stor stad, som verkade ha allt. En stad man absolut skulle kunna tänka sig tillbringa en längre tid i. Lite lätt förvånade och positivt överraskade kunde vi konstatera att vi helt enkelt hade blivit förälskade i regionen. Grönskan och naturen som är mer frodig och mjukare än längre söderut. Maten, vinet, människorna och inte att förglömma, kulturen, byarna, städerna, stränderna, allt tilltalade oss och fick våra hjärtan att klappa lite fortare.

De två dagarna i Denia gick alldeles för fort. Plötsligt var det dags för återresa mot Alicante. Där skulle vi tillbringa en sista eftermiddag och kväll för att sedan flyga till Sverige dagen efter. Ingen av oss var speciellt sugna att åka hem. Vi hade gärna kunnat vara kvar några dagar till i detta paradis.

22. ALICANTE - KÄRT ÅTERBESÖK

Den här gången hade jag bokat in oss i ett stort dubbelrum mitt i den äldre delen av Alicante, precis bredvid den mäktiga katedralen San Nicolas de Bari Procathedral. Vi anlände till Alicante på eftermiddagen. Utan problem letade vi oss fram till gatuadressen och stannade utanför porten. Ingen porttelefon eller vidare hänvisning fanns på dörren. Det var hysteriskt mycket folk runt omkring oss. Tjusiga kvinnor stod samlade i klungor. De var helt klädda i svart, med någon märklig kreation på huvudet. Några hade ett flor för ansiktet. Andra bar en slöja som växte uppåt på huvudet och sen föll neråt mot axlarna. Vi tyckte det var märkligt och kvinnorna upplevdes som lite väl förväntansfulla och muntra för att det skulle ha varit en begravning. Hela stan var full av människor. Precis överallt. Då föll polletten ner för oss. "Aha! De firar ju in påsken" Även om det fortfarande var några dagar kvar till påsk.

Efter en kort stunds funderande och förvirring bestämde vi att här kunde vi ju inte stå. Vi behövde göra något för att komma in. Men vad? Skulle vi ringa någon? Eller fråga någon runt omkring? Bredvid porten låg det en restaurang. Genom fönstret såg vi att restaurangen var sprängfylld med gäster. Försynt och försiktigt öppnade vi dörren. Försökte få ögonkontakt med någon av personalen som sprang som skållade råttor mellan borden. Till slut var det en kvinna som uppmärksammade oss och kom fram. Vi lät sonen föra talan på spanska. På ett utmärkt sätt förklarade han vår situation. "Vänta här" svarade hon.

Vi väntade. Väntade lite till och lite till. Till slut kom en mycket glad och trevlig man som hjälpsamt slussade ut oss ut från den livliga restaurangen och in genom porten bredvid som hörde till lägenheten. Snabbt två trappor upp och sen in i rummet. Yes! Äntligen på plats.

Wow! Vilket läge! Ett stort, vackert rum med säng och bäddsoffa, ett litet kitchenette utrustad med te, kaffe och kakor, stort badrum och en långsmal balkong med vackra smidesdetaljer. Utsikt ut mot torget och katedralen. Allt otroligt smakfullt inrett, superfräscht och trivsamt. Jag gratulerade mig själv. Ännu en fullträff med hotellbokningen.

Eftersom vi var hungriga så letade vi oss ut på stan. Det var folk precis överallt. Ett myller av människor, barn, mammor och pappor, mor- och farföräldrar, kompisgäng, kärlekspar. Alla, precis alla var ute. Restaurangerna var mer eller mindre fullsatta trots att klockan bara var runt sen eftermiddag. Till slut beslöt vi att göra det svåra enkelt och slog oss ned på uteserveringen på torget mitt emot kyrkan. Det var fortfarande skönt väder. Underbart att kunna sitta ute och njuta av vårvärmen. Kyparen förklarade för oss att idag var det Palmsöndagen. Starten för den heliga veckan, "Semana Santa". Påskfirandet och stadens processioner skulle starta bara inom ett par timmar. Processionerna som symboliserar Jesus väg mot korset. Ett värdigt och långsamt tåg skulle gå runt stora delar av Alicante stad, bland annat längs hela ramblan, upp mot Mercado för att nå höjdpunkten på torget framför katedralen. Precis där vi just nu satt och åt. Så fantastiskt! Att få ta del av ett äkta spanskt påskfirande. Plötsligt kände vi oss lika förväntansfulla som alla andra runt omkring. Tänk att vi skulle få uppleva en genuin spansk tradition, en fantastiskt spansk kulturhistorisk upplevelse. För många spanjorer är påsken den största religiösa högtiden, till och med större än julen.

Mycket riktigt, gatorna var fyllda av både publik och av deltagarna i de olika processionstågen. Alla de blomstersmyckade skulpturerna och de tunga plattformarna, tronos, var en fantastisk syn. Främst i processionståget gick en ledare bärandes på ett enormt kors. Hans suggestiva och vaggande gångsätt präglade hela tåget. Pampiga musikaliska framträdanden med bland annat blåsorkester och trumslagare vandrade fram. Både barn, ungdomar och vuxna medverkade alla i en magisk och mäktig parad. De otäcka, Ku-Klux-

Klan liknande dräkterna väckte väldigt starka och obehagliga känslor. Men dräkterna har förstås ingen som helst koppling till Ku-Klux-Klan. De här kallas Los Nazarenos och symboliserar människor som tillfångatog Jesus och som i sin skam skyler sitt ansikte.

Det var en mäktig och fascinerande upplevelse att få ta del av det heliga firandet. Efter ett par timmar gick vi upp på hotellrummet för att vila fötterna en stund. Plötsligt såg vi hur det började samlas mer och mer folk ute på torget framför katedralen. Vi gick ut på vår lilla balkong. Där stod vi på första parkett och fick en mäktig föreställning framförd bara några meter nedanför oss. Ett nytt processionståg verkade vara på gång och skulle starta med utgångspunkt från katedralen. Men alla verkade vänta på något. Torget fylldes som ett sjudande hav av folk. Det myllrade. Förväntans energier strömmade upp mot oss på balkongen. Vi beskådade akten ett par minuter men insåg att vi ville vara en del av föreställningen igen.

Snabbt sprang vi ner för trapporna och ut på det trånga torget. Vi letade oss fram till de stora och mäktiga dörrarna till katedralen. Plötsligt i nästa sekund var vi inne i kyrkan. Där pågick sjudande aktiviteter på flera olika håll. En präst mässade. Människor i olika åldrar, alla klädda i högtidsdräkter, hade samlats i små klungor. Vi förstod att det måste vara deltagare i processionståget. Plötsligt såg vi en gigantiskt stor plattform, alltså en så kallad trono. Den var täckt med vackert skimrande tyg, likt ett draperi som hängde runt omkring. En efter en kröp deltagarna in under den. Vi räknade säkert till tio personer. Det fixades och trixades. Den spända förväntan i luften gick nästan att ta på. Allt var ju tvunget att kontrolleras flera gånger, inget fick gå fel förstod vi. Hur i all sin dar kunde de mäkta med att lyfta denna? Hur skulle de orka bära hela denna massiva skapelse på sina axlar? Ovanpå den stora plattformen skulle dessutom ett flertal tunga helgonskulpturer placeras. Det var det här som alla människor på torget väntade på. Nya helgon skulle stolt visas upp. Tyst och försynt smet vi ut igen genom katedralens gigantiska portar, ut på torget och blandade oss med myllret av människor. Den häftiga känslan att få ta del av detta var överväldigande.

Strax därefter började blåsorkestern spela. Ut genom katedralens portar kom den stora vackra tronon med de handgjorda konstverken, helgonskulpturerna. Musiken mässade. Plattformen vaggade framåt sakta och rytmiskt. Bärarna var gömda under plattformens skimrande draperi. Förväntningarna och temperaturen steg på torget. Det kokade. Kvällen började bli sen men fiestan fortsatte i samma intensitet. Processionen lämnade torget så småningom för att fortsätta runt i stan. Även om jag inte är religiös av mig så blev det här ett fantastiskt minne för livet och jag är så tacksam för det. Kultur, historia, religion, traditioner och firande i en magisk blandning.

23. SEMESTERBOSTAD

Dagen efter lämnade vi Alicante för att återvända till Sverige. Vi var fyllda av härliga och magiska upplevelser, positiva känslor och starka känslor för landet, kulturen, maten och regionen. Vi ville ha mer och lära oss mer av Spanien helt enkelt.

Väl hemma i Sverige startades på nytt projektet "leta semesterbostad". Jag började läsa in mig på regionen, städerna, byarna och omgivningarna i allmänhet. Hela Costa Blancas norra kustremsa var intressant. Från Alicante och norrut ända upp mot Gandia. Regionen Marina Alta som utgörs av sammanlagt 33 kommuner och med Denia som huvudort var högst intressant. Tänk bara vilket utbud Medelhavet bjuder på. Det finns stränder för alla smaker. De vackra vita stenstränderna, . Väl gömda små badvikar med kristallklart vatten, perfekta för snorkling. Branta klippor och magkittlande slingriga serpentinvägar som leder ner till en avskild strand omgiven av branta klippor. Eller de oändligt vidsträckta sandstränderna, perfekta för barnfamiljer tack vare deras långgrundhet. De vackra stränderna skapar en magisk kontrast till bergen och naturen. Bergskedjan och naturreservatet Montgó erbjuder bra möjlighet till vandring och cykling. Det finns en spännande och unik fauna med över 600 olika växtarter. Berget är som en vacker kuliss till kuststäderna Denia och Jáeva. Med sina 750 meter över havet är utsikten från berget överväldigande. Jag blev mer eller mindre expert på vad regionen har att erbjuda.

Att köpa en villa var bara att glömma. Den ekonomin fanns dessvärre inte. Möjligtvis ett litet radhus. Så länge vi hade villan kvar hemma i

Sverige var ekonomin och möjligheterna fortfarande begränsade. Ett litet byhus skulle kunna vara ett tänkbart alternativ. Kanske ett byhus med en liten patio? Det vore ju egentligen en perfekt kombination. Individuellt boende och ekonomiskt gångbart. En liten markyta på 20–25 kvadratmeter skulle räcka till mer än väl. Var det mer yta så gjorde det ju förstås ingenting. Två till tre sovrum, vardagsrum och kök, ett eller två badrum. Renoveringsobjekt? Ja, vi var inte rädda för renovering. Det skulle man alltid kunna leja bort om det skulle vara för avancerat för oss. Ytskikt och enklare renovering grejar vi utan problem.

På nätet hade jag hittat ett tiotal intressanta objekt runt om i regionen. De flesta, eller rättare sagt, alla var i behov av renovering i olika grader. Samtliga låg inom en för oss fungerande budget. Framför allt var det två objekt som jag hade fastnat för. Det ena var ett byhus från sent 1800-tal, ett par mil nordväst om Denia, med en stor privat patio på ungefär 70 kvadratmeter. Huset i sig var stort. Egentligen större än vad vi behövde. Det var i behov av en varsam renovering. Huset skulle kunna bli fantastiskt vackert om man lade ner uppskattningsvis två-trehundra tusen kronor. Högt i tak. Många vackra originaldetaljer var bevarade. Taket var dekorerat med brunbetsade bjälkar. Breda och vackra dubbeldörrar i flera av rummen. Den stora breda trappan till ovanvåningen skulle kunna bli mäktigt vacker. Djupa fönsternischer och vackra slipade glas. En oslipad diamant som det brukar heta. Pation var vildvuxen och övergiven med flagnande puts på väggarna runt omkring. Men med kärlek och omvårdnad även här skulle det kunna bli fantastiskt fint. Stora exemplar av den gröna växten monstera med sina dekorativa blad sträckte sig uppåt mot husets yttersida, en mur i natursten. Jag såg framför mig i min inre bild, hur vi satt hela familjen i den uppfräschade pation. Vi satt vid ett långbord. En ljummen kväll med levande ljus och ljusslingor eller kulörta lyktor som dekorativt hängde från ena kortsidan till den andra. Längs ena kortväggen mot ingången till köket, hade vi skapat ett enkelt utekök. Längst ned vid motsatt kortsida hade vi byggt en liten upphöjd rektangulär pool, nästan i storlek som ett större spabad, eftersom pations yta var begränsad. Mitt i stod det robusta matbordet, gjort av överblivna grova plankor. Stolarna var en typisk klassisk modell i ett lite mörkare träslag och med rottingsits. I bakgrunden kunde man höra hur sonen spelade gitarr och sjöng en gammal coverlåt som alla kände igen. Hela storfamiljen med de vuxna barnen, barnbarnen och vänner var samlade. Vilken dröm!

Men drömmen fick hålla sig lite till tåls. Vardagen gjorde sig påmind. Vi hade dessutom en egen trädgård som skrek på uppmärksamhet, påpekade maken krasst. Men i smyg hade jag förstås fortfarande full bevakning på bostadsmarknaden.

Beautiful dreamer, keep on dreaming.

24. BENALMÁDENA OCH NERJA

Vårens skira grönska och ystra lekfullhet lämnade över till försommaren som bjöd på varma och soliga dagar. Kvällarna blev längre och ljusare för var dag som gick. Ingen resa till Costa Blanca var bokad i närtid. Inte förrän senare i oktober. Planen var att kika på några olika projekt.

Visst längtade vi ner till Spanien för att utforska vidare. Men vi ville förstås också vara hemma och njuta av den oslagbara svenska sommaren. Om nu sommaren bestämde sig för att visa sig från sin bästa sida. Fast en liten resa, direkt efter skolavslutningen hade vi faktiskt bokat. För att hälsa på makens syster i Benalmádena. Därefter vidare till Nerja och hälsa på vänner och bekanta.

Efter en oroväckande hoppig och skakig inflygning landade vi ändå tryggt och stadigt på Malagas landningsbana. Trots stormvindar var det härligt att vara tillbaka i Spanien. Den här gången hade jag bokat in oss på ett lägenhetshotell i Benalmádena, bara några hundra meter från Medelhavet. Ljust och fräscht boende med öppen planlösning, egen terrass och utsikt mot den gigantiska poolen, perfekt för oss tre.

Vi fick härliga dagar tillsammans med makens syster med fokus på mysigt umgänge. God mat, goda viner, tapas och långa promenader runt om i Benalmádena var en självklarhet. Men den ihållande vinden ville inte släppa greppet om oss. Att be vädergudarna om nåd gav inget resultat. Tydligt och bestämt satte vindguden Aeolus stopp för mina badplaner. Men som sagt, det fanns så mycket annat vi kunde göra dessa dagar.

Benalmádena delas upp i tre olika delar:

Benalmádena Costa - är kustremsan med hotell.

Benalmádena Pueblo - är den ursprungliga byn i bergen.

Arroyo de la Miel - är den livliga förorten med barer och restauranger.

Vid stranden finns också den stora hamnen Puerto Deportivo.

Lördagens lunch avnjöts på en av restaurangerna nere vid strandpromenaden. Vi blev placerade vid ett trevligt bord utomhus, behagligt skönt i skuggan. Blåsten hade äntligen lagt sig. I alla fall för stunden. Så mycket folk! I stort sett pratades det bara spanska runt omkring oss. Helt klart, det här var ett av spanjorernas favoritställen. Hit gick de gärna med hela familjen, unga som gamla. Efter en noggrann genomgång av dagens meny beställde vi en mängd olika fantastiskt goda delikatesser, allt från skaldjur och sardiner till små goda spanska korvar. Tapaslunchen som serverades en stund senare fick våra smaklökar att jubla av lycka. Sorlet runt omkring oss var nästan öronbedövande. Våra spanska bordsgrannar pratade i mun på varandra utan att egentligen lyssna på vad den andre sa. Samtidigt, med samma energi åt de med god aptit rätt efter rätt. Skratt och heta diskussioner blandades i den underbara spanska föreställningen som spelades upp mitt framför våra ögon och öron. Till en början gjorde vi små tappra försök att överrösta bordsgrannarnas högljudda utläggningar. Ganska snart insåg vi att det var lönlöst. I stället njöt vi av maten i tysthet. Mätta och belåtna tackade vi för oss och strosade vidare längs med den härliga och livfulla strandpromenaden. Nu var det riktigt skönt. Solen värmde behagligt från den molnfria himlen. Längtansfullt drogs mina blickar mot stranden och havet. Jag ångrade att jag hade låtit badkläderna ligga kvar på rummet. Vågornas skvalpande lockade förgäves. I morgon kanske, i morgon... Dagens långpromenad avslutades med ett glas vin vid en av restaurangerna vid ingången till den stora och lummiga Palomaparken. Parken är verkligen värd ett besök. Den är fascinerande och mäktig med alla fantastiska kaktusar, grönskande buskar och vattendrag. Men se upp så att du snubblar över de lösgående hönsen eller tupparna som spatserar fritt.

Dagarna i Benalmádena gick fort, alltför fort. Vi hade gärna stannat kvar lite till. Men nu var det dags för oss att sätta oss på bussen till Nerja. Bussen avgick från busstationen i Malaga. Resan tog lite drygt en och en halv timme. Vi rullade förbi byar och städer vid kusten vars namn försvann från mitt minne lika fort som vi passerade dem. Färden gick genom karga kuperade landskap och stundvis slingrande vägar. Absolut inga mjuka böljande och gröna kullar. Visst var det mäktigt. Men i ärlighetens namn saknade jag norra Costa Blancas grönskande natur.

Till slut var vi framme i Nerja. Staden som älskas av så många svenskar. Efter mycket letande och funderande fram och tillbaka hade jag hittat en bungalow i ett område strax utanför själva centrum. En promenad på dryga femton minuter från busstationen. Det eviga blåsandet hade äntligen lagt sig. Det var mitt på eftermiddagen när bussen stannade vid stationen och vi klev av. Lätt stela i benen efter stillasittandet och med kurrande magar. Solen lyste återigen från en klarblå himmel. Bara några vita fina och fluffiga sommarmoln svävade framåt i sakta mak. Det var varmt, riktigt varmt. Vi tog sats och började gå. Sonen hade koll via mobilen hur vi på snabbast och bästa sätt skulle ta oss till hotellområdet. Det vi inte riktigt hade koll på innan var att det gick uppåt, uppåt, uppåt. När vi äntligen kom fram efter tjugo minuters kämpande med väskor och oss själva var vi rejält svettiga och trötta.

"Buenas tardes, tenemos una reserva, para un bungalow" sa sonen på flytande spanska till portieren som tog emot oss i receptionen. Mannen knappade på datorn och såg fundersam ut.

"Åh, hoppas det inte är några problem" viskade jag nervöst till maken lite diskret. Portierens buskiga ögonbryn rynkade ihop sig över de mörka ögonen. En liten lätt, nästan ljudlös suck kunde höras. Slutligen tittade han upp och fyrade av ett bländande vitt leende. En harang av ord på spanska och sonen som såg mer än glad ut bara nickade till svar. I nästa sekund övergick portieren till engelska och förklarade att glädjande nog kunde han uppgradera oss till en större bungalow, om vi ville. Men tackar! Det sa vi ju inte nej till.

Semesterbyn, för vi kan nog kalla området för just detta, bestod av ett gigantiskt område med säkert hundratal hus, två pooler, flera restauranger och en liten supermarket. Några minuter senare stod vi utanför grinden till vår bungalow. Wow! Är det här vi ska bo? Med spänd förväntan låste vi upp grinden och klev in. En grönskande, liten inhägnad trädgård tog emot oss. Magiskt vackra rosa blommor klättrade upp på muren som ramade in den ljuvliga trädgården. På vänster sida stod ett rustikt långbord med några udda stolar som sällskap samt en grill. På höger sida var två solsängar placerade mitt på gräsmattan. Huset var klassiskt vitputsat i spansk stil. Det här var verkligen fantastiskt! Skjutdörrarna av glas ledde oss rakt in i det ljusa vardagsrummet. Två stilrena vita soffor var placerade mitt emot varandra. Lite längre in i vardagsrummet, vi gnuggade i ögonen och tittade igen. Ja, där var ett pingisbord! Ännu en wowkänsla! Köket avgränsades med en bardisk. Bakom köket låg den privata avdelningen med sovrummen och två badrum. Vilken hit! Vi tittade på varandra alla tre med stora och förvånande ögon.

Ibland blir det bara helt enkelt så rätt. Ibland har man bara en riktig, riktig tur. Eller är det rent av skicklighet? Boendet var mer än perfekt. Inte nog med det. Vi gillade dessutom hela semesterbyn, vilket förvånade oss. Vi är ju inte direkt några kollektiva semesterfirare. Husen var charmigt byggda med en känsla av att alla strävade efter solen, likt solrosor. Många hade utsikt mot havet. Välordnade trädgårdar och små slingrande gångar löpte mellan husen. Inget hus eller bungalow var högre än två våningar. På det stora hela väldigt charmigt och gemytligt för att vara en semesterby. Men att bo där året runt skulle nog inte vara så kul. Vi målade upp bilden framför oss hur ödsligt och tomt det skulle vara en regnig januaridag.

Efter att vi hade installerat oss, packat upp och självklart tagit en första pingismatch begav vi oss ned till stan för att utforska området och handla lite mat. Första kvällen tänkte vi äta hemma bara för att få landa och njuta av tillvaron. Långa och branta backar ledde ner till centrala Nerja och stranden. Vi skippade att slå på mobilens gps. Det var fusk, tyckte vi. I stället strövade vi på måfå nerför de branta backarna. Plötsligt tog backarna slut och vi befann oss längst ned vid strandpromenaden. Där hittade vi en liten supermarket och köpte de viktigaste förnödenheterna för kvällen samt morgondagens frukost. Sen började den mödosamma vandringen uppåt, uppåt. Herre jösses vilken bra träning för lårmusklerna. Återigen var vi helt slut när vi efter två timmars promenad äntligen kom hem till vår fina och mysiga bungalow.

"Någon som är sugen på en match?" frågade sonen, som tydligen inte alls tyckte att promenaden hade gjort slut på all energi. Men en pingismatch just då var inte prioriteringen, inte för mig i alla fall. Nej, nu skulle det lagas middag. Men först av allt bad jag maken att hälla upp ett varsitt glas vin till oss vuxna. För det var precis vad vi var värda tyckte jag.

"Vi har det bra här" sa jag och lutade mig tillbaka och sköt undan tallriken åt sidan. Den för kvällen enkla men utsökta middagen var uppäten. Vi var mätta och lite lätt trötta. Solen var precis på väg ner och färgade himlen skimrande röd. Det var fortfarande härligt ljummet i luften. En sådan där mjuk, skön värme. Inte för varmt och inte för kallt. Bara behagligt helt enkelt. Cikadorna sjöng. De levande ljusen på bordet fladdrade lätt och kastade långa svepande skuggor runt om. Annars var allt lugnt och stilla. Doften av trädgårdens blommor var ljuvlig, precis lagom stark utan att vara påträngande. Det doftade som gardenia. Jag tänkte för mig själv att imorgon måste jag kolla upp om jag hade rätt. Fanns det gardenior i trädgården? Blommar de nu så här i juni? Alla tre konstaterade att vi var precis på den plats vi ville vara just nu. Allt var helt enkelt perfekt. Bättre än såhär kunde det inte bli. Kvällen avslutades med tre pingismatcher. Två av dem vann jag. Mycket nöjd och belåten somnade jag gott med huvudet på huvudkudden.

Dagen efter vaknade vi av att ljuset silade in genom de halvstängda fönsterjalusierna. Klockan var strax innan nio och jag kände mig ovanligt pigg och utvilad. En snabb dusch och lite frukost på det. Sen var vi redo för dagens äventyr. Men först en pingismatch hade vi lovat sonen.

Vi bestämde oss för att promenera ned mot stan. Nerja är en fin och charmig stad, inte ett höghus så långt ögat kan nå. Den gamla delen av staden bjuder på många vitputsade och blomsterdekorerade söta små byhus. Mysiga stenbelagda slingrande smala gator och gränder leder ner mot havet. Promenaden ledde oss till Balcon de Europa, Nerjas ikoniska och historiska symbol. Därifrån var utsikten ut mot havet hänförande och enastående vacker. Balcon de Europa är sprungen ur 1800-talet och byggd ovanpå en gammal historisk fästning. De två gamla kanonerna står kvar på platsen som vittnen om svunna tider. En gång i tiden användes de som vapen mot eventuella piratattacker och mot britterna. Balcon de Europa och det angränsande torget är såklart väldigt välbesökt och används även som scen för konserter och framträdanden. Vid den vackra gamla kyrkan invid torget ligger även en mängd trevliga restauranger och uteserveringar.

"Kolla, vilken fantastisk utsikt!" utropade jag. "Är det inte vackert?!" Det kittlade lite i magen när jag sträckte mig fram och kikade ut över räcket. Jag blickade ut över havet som var blåare än det blåaste. Bara några små vita gäss rullade lite lätt över det relativt lugna vattnet. Solen värmde underbart skönt från den klarblåa himlen. Jag kikade rakt ner mot de branta klipporna som var långt nedanför mig. Längst nere intill vattenbrynet låg flera gigantiska och kantiga stenblock. Kanske var de uthuggna ur berget. Allt var mäktigt och hisnande vackert. Vi gjorde som alla andra, fotade oss med den spektakulära bakgrunden och tog även några selfies på oss alla tre tillsammans. Något att minnas i vinter när snön yr runt husknuten. Utforskandet fortsatte. I sakta mak strosade vi ned mot stranden söder om kyrkan och torget. Nu började vi bli lite lätt trötta i fötterna, svettiga, törstiga och smått hungriga. Vad gör man då? Jo tar en paus. Vi hittade en perfekt plats, en trivsam uteservering med fin utsikt över vattnet. Där njöt vi av en välförtjänt paus och smälte de senaste timmarnas intryck.

Vi var enade alla tre. Vi gillade Nerja så här långt. Trivsamt och vänligt med känslan av småstad, mycket tack vare den låga bebyggelsen, inga höghus eller skyskrapor som störde bilden. Inte så konstigt att det är en av svenskarnas paradis. Apropå svenskar, så insåg vi att det var svenskar (och engelsmän med för den delen) nästan överallt. Utan problem kunde vi överhöra hur bordsgrannarna på restaurangen, kunderna i affärerna och förbipasserande på gatan diskuterade dagens händelser. Alla pratade svenska tycktes det som. För vår del blev det faktiskt lite för mycket av svenskheten. Vilket innebar att vi höll vår samtalston lite lägre än vanligt i dessa sammanhang.

Dagarna i Nerja avlöpte i en rasande fart. En skön blandning av härligt familjehäng, pingis, sol, promenader, skavsår, upptäcktsfärder, poolbad, fantastiskt välsmakande mat och dryck. Allt utom bad i havet. Vips satt vi på bussen tillbaka till Malaga på självaste Midsommarafton för att flyga hem. Vänskapsbanden och samhörigheten till Spanien hade ytterligare förstärkts några grader. Men handlade det verkligen om total förälskelse? Den frågan hängde fortfarande i luften.

25. VAD HÄNDE SEN?

Så vad hände sen? Hur såg våra nästa steg ut i drömmarna om ett liv runt Medelhavet? Skulle det förbli enbart drömmar eller skulle vi någon gång kunna göra slag i saken? Ibland, eller rättare sagt, väldigt ofta har vi tvekat och varit osäkra på om vi någon gång skulle nå i mål med drömmarna. Lite så kändes det även denna gång tyvärr. Sommarveckorna hemma i Sverige bjöd på ömsom sol och ömsom regn. Vi hade vår fantastiska trädgård och den lilla poolen att njuta av på hemmaplan. Så fort vädret tillät och vi hade tid över packade vi picknickkorgen för att åka ut till havet och njuta av bad och sol.

I slutet av augusti var det dags för den årliga resan till Languedoc. Mängder av underbara små charmiga byar och städer finns i närheten av flygplatsen Bezier. De kustnära och mysiga städerna Marseillan, Sète, Agde, Cap 'd Agde är alla värda sina besök. Kusten bjuder på oändligt långa mjuka sandstränder och även stora ostronodlingar. Ungefär tio procent av alla ostron i Frankrike kommer faktiskt från Languedoc. Inte att förglömma de närliggande vingårdarna. Det finns otroligt mycket att uppleva och många härliga platser att besöka. Under flera år har vi haft som tradition att resa iväg några dagar för oss själva i samband med vår bröllopsdag i augusti. Frankrike ligger ju oss varmt om hjärtat och vi har haft många års kärlek till bland annat landet, kulturen, maten, språket. Så även detta år begav vi oss iväg för några dagars njutning. Maken är dessutom alltid extra glad över att få praktisera sin franska så fort han kommer till Frankrike. En gång i tiden sägs det att han pratade franska och kunde göra sig någorlunda förstådd. Under 80-talet hade han ju bott i Paris under en period. Men nuförtiden har nog franskan rostat igen lite, även om han inte vill erkänna det.

På våra Languedocresor står det alltid ostron, ostron och ostron på menyn. Jag kan frammana känslan av total lycka när vi sitter på den mysiga strandrestaurangen och äter dagens lunch som består av ostron och pommes frites, till det ett kallt lokalt rosévin. Ostron och pommes? Tycker ni att det låter konstigt? Prova det någon gång. Om ni tycker om ostron förstås. Enligt oss ska ostron ätas med pressad citron, balsamvinäger och rödlök. Det är fantastiskt gott. Det är som sagt ren skär lycka. Sinnligt, njutningsfullt och för mig synonymt med det goda i livet, kärleken och Medelhavet. Jag känner helt enkelt en ödmjuk tacksamhet över vår tillvaro och livet. Våra semesterdagar är alltid loja som präglas av långa promenader, salta bad och sandiga fötter, goda middagar, gott lokalt vin. Det franska språket klingar som ljuv musik runt omkring oss. Trevliga människorna möter oss i de lokala butikerna och hälsar alltid vänligt med ett "bonjour" eller "bonsoir" beroende på vilken tidpunkt det är på dagen. Jag älskar den franska arkitekturen. De vackra ockrafärgade husen som ger ett varmt och välkomnande intryck. Slitna fönsterluckor, lätt urblekta av solens strålar i alla sina fantastiska färger. De rustika stenhusen som andas romantik och historia. Att komma till Frankrike oavsett om det är Languedoc eller Provence känns alltid som att komma hem. Precis de orden sa maken till mig en kväll när vi var ute och åt på en av de mysiga lokala restaurangerna. "Det är här jag hör hemma, i Frankrike, inte Spanien. Varför ska vi köpa något i Spanien när det är Frankrike vi älskar." Svåra frågor som inte har ett enkelt och tydligt svar. Vi har umgänge både i Frankrike och i Spanien. Alla pratar gott och lobbar för just sin region. Pedagogiskt och ivrigt försöker de övertyga oss om att det ena är bättre än det andra. Men inte blir vi klokare för det.

26. MAKENS FÖRSLAG

Makens ord klingade i mina öron och stannade kvar i mitt sinne resten av vår semester. Visst älskade vi Frankrike. Det finns många fördelar som överväger i jämförelse med Spanien. Men att börja om från början både mentalt och rent praktiskt i sökandet efter en plats för oss vid Medelhavet kändes oerhört tungt och omständligt. Jag orkade inte byta bana igen. Trots det ville inte tanken släppa greppet om mig. Efter att vi hade kommit hem till Sverige fortsatte maken utveckla sina tankar och känslor om Languedoc som alternativ. Plötsligt hade han energi och engagemang i vår jakt på det perfekta utlandsboendet. Han var delaktig på ett helt annat sätt och hela tiden styrde han in tankarna på Frankrike. Med argument som att vi måste lyssna till våra hjärtan och återgå till våra ursprungliga planer och drömmar. Att Languedoc dessutom ligger närmare Sverige gjorde absolut ingenting. Visst är det kallare om vintrarna än i Spanien. I jämförelse med hemma i Sverige så var det ju ändå tusen gånger bättre, försökte han intala både mig och sig själv.

Jag var dock lite skeptisk. Man vill ju inte att det ska vara råkallt och ruggigt, även om det är bättre än Sverige. Maken fortsatte att argumentera och så höll han på. Sakteligen släppte även jag greppet om Spanien och lät mig fångas av hans nya energi och engagemang. Kärleksförklaringarna till Frankrike var passionerade och äkta. En frågeställning som däremot inte hade något enkelt svar var det långa avståndet till närmaste flygplats. Hur vi än vände och vred insåg vi att det kunde innebära problem. Vår företagsverksamhet kräver tillgänglighet till flygplatsen. Ett faktum som inte går att komma ifrån.

"Vet du vad?!" sa han en kväll. "Jag har kommit på den perfekta lösningen. Vi provbor en eller två månader i januari i en trevlig by i Languedoc. Då kan vi känna på hur årets kallaste månad känns och även få koll på hur det är att ta sig till och från flygplatsen." Tanken var inte helt fel och sonen skulle kunna bo kvar hemma i villan delar av tiden med support av bland annat mormor och morfar. Förslaget var faktiskt riktigt bra. Eller kanske till och med genialiskt. Klokt och mer sansat än att kasta sig ut i det okända och köpa ett boende. Att provhyra lät som ett mycket intressant alternativ. Men max en månad ville jag vara borta från sonen. Därefter skulle vi göra en utvärdering av läget. Som den ivriga och undersökande bostadsmarknadsexperten jag är, skannades genast den franska marknaden av. Sökningen var inställd på området runt Narbonne, Beziers och ända ner mot Perpignan. Eftersom far och son är inbitna båtmänniskor vore det extra intressant att hitta något ställe i närheten av någon av regionens floder eller kanaler. Canal du Midi har vi ett extra gott öga till efter alla år i regionen. En av alla mina Medelhavsdrömmar är faktiskt, hör och häpna, att åka kanalbåt och allra helst då på Canal du Midi. Jag skojade med maken och sa. "Okej, om vi någon gång beslutar oss för att vi vill bo i Frankrike, då tycker jag att vi ska köpa en liten båt som vi kan ha i kanalen eller i floden. Vi behöver inte ha något gigantiskt hus, utan det räcker med ett byhus med en liten tomt och båt."

Inga drömmar är omöjliga! Det är mitt motto! Sen kan de ju förändras och utvecklas till andra drömmar. För det är ju så, att själva drömmandet är en del av livet. Vad vore livet utan drömmar? Vad vore vi utan drömmar? Jag älskar att leva i drömmarna och låta mig bli uppfylld av dem. Det kan röra sig från smått till stort. Jag har till exempel en ständig kreativitet som lever i mig och som behöver få utlopp med jämna mellanrum. Det är också ett sätt att drömma och fantisera. Jag planerar vad jag ska konstruera. Hur jag på bästa sätt hittar praktiska lösningar för olika projekt. Det kan vara allt från att laga mat, till bygg- eller projekt i trädgårdsdesign eller en enkel blomsteruppsättning. Inget projekt är för litet. Men vissa kan ibland vara lite väl stora. Många gånger gör jag slag i saken och genomför drömmarna eller mina idéer, framför allt när det handlar om kreativt skapande. Ibland är jag dock nöjd med att bara fantisera.

Drömmen om livet vid Medelhavet är en dröm som har levt inom mig och oss under en lång, lång tid. Men det är en svår och inte helt självklar väg. Många gånger har vi valt eller varit tvungna att stanna upp, backa eller välja en ny väg när vi inte har vetat hur vi ska ta den vidare. Det är därför vi har provat och känt in alla olika alternativa idéer och lösningar, både möjliga och omöjliga. Det kan upplevas som oerhört spretigt och förvirrande. Men det tillhör vår drömprocess helt enkelt. Alla är vi olika.

Så, tillbaka till Frankrike och letandet efter den perfekta hyresbostaden. Vi, eller rättare sagt jag, hittade en hel del intressanta objekt. Förutsättningen var att det inte fick vara längre än en och en halv timmes bilresa, eller tågresa till närmaste flygplats. Vilket förstås minskade utbudet och begränsade det geografiska området. Hyrorna låg dock lite i överkant i jämförelse med vad vi hade budgeterat. Men det var bara att söka vidare helt enkelt. Förr eller senare skulle det bli en träff. Det var jag helt övertygad om. Om sanningen ska fram, kunde jag inte låta bli att även skanna köpebostadsmarknaden i samma region. Jag ville veta hur prisnivån låg i jämförelse med den spanska bostadsmarknaden. Spanskt byhus respektive franskt byhus och samma sak gällande villor. Jag blev lite förvånad över att den franska bostadsmarknaden inte låg så högt i pris som jag hade trott. Eller kanske var det så att den spanska marknadens priser hade tagit fart och börjat närma sig den franska?

Hur som helst, det var inga problem att hitta fantastiska fina, lagom stora och charmerande byhus i Languedoc som låg i vår prisnivå. Kanske skulle vissa behöva lite renovering men det var helt hanterbart. Den franska arkitekturen är generellt vackrare och mer romantisk än den spanska. Materialval som till exempel natursten eller ockra ger ett mjukare intryck än kantiga och vitputsade byggnader. Men en svårighet upptäckte jag dock. Många av de franska byhusen hade dessvärre inte terrass och absolut ingen patio. Väldigt få hade balkong. Visst hittade jag fantastiska hus, både fristående villor och ståtligt vackra borgarhus med privata innergårdar eller en mindre tomt. Men då kom vi upp i en avsevärt högre prisnivå. I så fall skulle vi behöva ta steget att sälja villan hemma. Det var inte alls läge för det. Sonen skulle gå ut gymnasiet innan vi eventuellt tog ett sådant definitivt steg. Vi ville först provhyra under en av årets kallaste månader. Skulle den romantiska drömmen överleva en vinter vid Medelhavet?

27. OKTOBERRESAN

Innan det var dags för vinterkylans antågande var ännu en resa inbokad till Alicante i oktober. Den ursprungliga planen var egentligen att hyra bil och åka uppåt längs kusten bortom Denia för att titta på några utvalda objekt. En lätt förvirring hade nu uppstått. I och med att Frankrike plötsligt var ett starkt alternativ hade vi även börjat fundera över rimligheten med ett spanskt semesterboende som ligger så långt från flygplatsen. Att pendla med tramen ända bort mot Denia kändes för långt. Ville vi ännu längre bort norrut skulle vi vara hänvisade till att ha bil. Visserligen kan man hyra en parkeringsplats på flygplatsen året runt. Men det kostar ju en slant. Vilket förutsätter att man även har en bil förstås. Flera frågetecken uppstod. Får man ha en svensk bil i Spanien under obegränsad tid? Kan man köpa en spanskregistrerad bil? Plötsligt kändes det som ett alldeles för stort och bökigt projekt med semesterhus så långt bort. Vi hade glidit iväg från det enkla till något som blev allt för komplicerat och ogenomförbart. Återigen kände jag en viss hopplöshet och förvirring. Sonen deppade. Han ville inte alls till Frankrike. För honom var det bara Spanien som gällde. Själv kände jag mig splittrad. Visst älskade jag Frankrike. Spanien var inte min stora förälskelse men det var mer praktiskt än Frankrike. Nu visste jag varken ut eller in. Jag kände mig helt tappad på energi. Nästan så att jag var beredd att föreslå att vi skulle hoppa av oktoberresan och spara oss till vintern istället. Utifall vi hittade något att hyra i Languedoc som vi hade pratat om.

Hur som helst, så här blev det. Vi skippade planen att bila längs den spanska kusten. Det kändes enbart jobbigt och hattigt. Resan var ju redan betald, så det var synd att låta bli att åka iväg. Plötsligt fick jag en strålande idé "Men, ska vi inte göra så här i stället" sa jag till maken. "Vi bokar något mysigt ställe i Alicante och bara hänger runt där. Vi har ju inte sett så mycket av stan och det kan kanske vara roligt att utforska den i lugn och ro." Efter två sekunders betänketid gick han med på mitt förslag. Inte bara gick med på förslaget. Han tyckte det var ett ypperligt förslag. Mycket bättre att vara på samma ställe. Kanske skulle man kunna göra en liten utflykt med tramen en dag om man orkade eller ville. Snabbt som ögat började jag checka upp vad som fanns i boendeväg i Alicante. Vi skulle vara borta i sju dagar. Vi ville absolut inte bo på hotell. En mysig lägenhet som låg centralt var önskemålet. Efter digert sökande hittade jag till slut en lägenhet mitt på Rambla de Méndez Núñez, ramblan. Det utlovades både terrass, separat kök och utsikt mot havet och staden. Lät nästan för bra för att vara sant. Dessutom var priset överkomligt och lägenheten hade fått toppenomdömen. "Den tar vi!" sa jag och bokade in lägenheten snabbt som ögat.

Innan avresan hade vi pratat lite löst om att kanske boka in några lägenhetsvisningar i Alicante, bara för sakens skull. Maken tyckte framför allt att det kunde vara bra att ha något att jämföra med. Jag hade kikat runt lite utan att hitta något speciellt som kändes intressant. Förutom en fräsch och modern lägenhet med stor innergård som jag var lite nyfiken på. Jag hade kontakt med mäklaren och visat vårt intresse och ville boka in en visning. Lägenheten låg lite norr om stadskärnan. Vi hade dock ingen som helst koll på vilka områden som var bättre respektive sämre. Jag försökte plugga på och kunde konstatera att lägenheten verkade ligga i ett helt okej område ungefär tjugo minuters promenad från ramblan. Dag och tid för visning bestämdes. Två dagar innan avresan fick jag mejl från mäklaren, lägenheten var såld. "Jaja… så var det med det, men det är väl inte hela världen. Vi ska ju ändå inte köpa något i Alicante." kommenterade jag. Dagen för avfärd till Alicante var här. Flygresan gick i ett nafs. Vi kom fram sent på kvällen, på gränsen till midnatt. Första natten hade jag bokat in oss på hotell eftersom vi anlände så sent. Lägenheten hade vi tillgång till dagen efter. Efter en god natts sömn vaknade vi utvilade och extremt hungriga. Det hade blivit lite si och så med middagen kvällen innan. Flygplansmaten är ju inte riktigt värd att kallas middag. Vädret visade sig från sin bästa sida och vårt humör var på topp när vi gick ut för dagens första måltid.

Tacksamt vände jag mitt ansikte mot solen och blundade under några sekunder. Jag kände en ren sann glädje att vi ändå bestämde oss för att åka iväg. Det hade verkligen varit dumt och synd att missa några härliga dagars semester. Eftersom vi inte kände till Alicante så väl gick vi ut på måfå för att söka upp närmaste frukostställe. Solens läge avgjorde och vi styrde våra steg ned mot den soliga esplanaden, som löper parallellt med vattnet. I korsningen svängde vi till vänster för att så småningom passera Mc Donalds. Precis efter dök ett café upp med flertal bord att välja på, fördelade på en större yta, perfekt! Här äter vi vår frukost bestämde vi oss för. Vi slog oss ned i förmiddagssolen och väntade in servitrisen för att få beställa lite kaffe och en baguette. "Tänk att här sitter vi ute, ingen jacka eller halsduk." sa jag till maken. Själv hade jag bara en tunn kofta över axlarna. "Det är nästan i slutet av oktober, det är så här det ska vara, eller hur älskling?" Maken log mot mig och pussade mig lätt på kinden och kisade mot solen. Han hade glömt solglasögonen på rummet och fick de intensiva oktobersolstrålarna rakt in i ögonen. "Ja, det här är livet. Man kanske ska byta till shorts sen." svarade han glatt. Efter en härligt utdragen frukost kände vi att det var dags att röra på sig lite. Vi hade kommit överens med lägenhetsinnehavaren att höras runt klockan ett, om det var möjligt för oss att checka in tidigare. Snabbt tillbaka till hotellet för att packa ihop och checka ut. Väskorna på plats i hotellets förvaringsrum för bagage. Sen var vi redo för en promenad innan nästa incheckning. Det kändes oerhört befriande att inte ha några planer inbokade. Vi var fria till att lägga upp dagarna precis som de kom och inget flackande runt. Bägge var helt överens att det var otroligt skönt att bo på ett och samma ställe.

Efter en kort promenad runt Gamla stan var klockan plötsligt ett. Punktligt ringde det på makens telefon. Värden och lägenheten var redo att ta emot oss! Värden pratade ypperlig engelska, bara med en liten touch av spansk accent. Med ett varmt leende tog han emot oss och önskade oss välkomna till Alicante. In i hissen, fem våningar upp och en minut senare stannade hissen med ett ryck. Vi var framme. Dörren låstes upp och värden visade oss in. En nyrenoverad och fräsch lägenhet med ett kombinerat sovrum och vardagsrum samt ett litet intilliggande kök. Men, terrassen var är den? Jag kände en snabb besvikelse skölja över mig. Det var ju utlovat en terrass. Förvånad tittade jag på vår spanska värd. Men innan jag hann säga något log han ett bländvitt och stolt leende, visade med handen åt höger "And to the right, behind the kitchen you have the terrace". Ett obemärkt glädjeskutt studsade till i mig. Yippe! Det finns en terrass! Vi passerade miniköket med två steg och klev ut på den stora fyrkantiga uteplatsen. Det här var verkligen så fantastiskt, vilken terrass! Möblemanget bestod av en loungesoffa, bord och två fåtöljer samt en liten grill. På terrassens golv låg en "gräsheltäckningsmatta" för utomhusbruk. Sen var det inte så mycket mer. Jag gick fram till det murbeklädda räcket och lutade mig ut. Vilken utsikt! Snett upp till höger, bara ett stenkast från oss, hade vi katedralen San Nicolás med sina vackra blå kupoler. Som kuliss bakom tronade det anrika Castillo de Santa Bárbara uppe på berget. Vilket makalöst läge! Lägenhetens fönster låg ut mot ramblan, därifrån kunde man ha full koll på vad som hände nere på gatan dygnet runt. Lägenheten var över förväntan och terrassen var ett gigantiskt stort plus. Den häftiga utsikten mot stadens puls och gatan, ramblan, som aldrig sover. Och en liten glimt av havet. Allt var perfekt.

När vi hade installerat oss, packat upp, hängt kläderna fint i garderoben och ställt undan resväskorna, bestämde vi oss för att inte slösa någon tid utan vi begav oss ut på stan direkt. Vi hade redan konstaterat att vi bodde perfekt, kunde inte bli bättre. Perfekt läge och en perfekt lägenhet. Bra start och utgångsläge för en avspänd och trevlig semester med fokus på god mat och dryck, promenader och upptäcktsfärder runt om i Alicante. Jag hade kollat upp lite inför resan, vad vi kunde göra, lite beroende på vädret förstås. Självklart ville vi gå till Mercado Central igen för att botanisera bland alla godsaker i matväg. Kanske kunde det bli ett inköp av lite skaldjur eller fisk, eller varför inte en köttbit som vi kunde tillaga hemma i lägenheten. Slottet stod också på listan, vi hade ju inte kommit dit upp ännu. Sedan hade jag läst till mig att det finns en hel del intressanta museer. Ett tips var bland annat att besöka museet Maca som visar modern och samtida konst. Där både unika verk av konstnärer som Miró och Dali finns att beskåda. Men även Museo de

Bellas Artes Gravina, där man kan uppleva intressanta konstsamlingar med verk ända från medeltiden fram till idag. Alicantes arkeologiska museum MARQ, som 2004 tilldelades titeln "European Museum of the Year", skulle också vara värt ett besök. Mängder av tapasbarer och restauranger väntade på oss förstås. Jag hade spanat in några som verkade vara spanskt genuina och även fått goda omdömen. Det vi hade förstått vid det här laget var ju att Alicante är en mycket uppskattad och omtalad mat- och kulturstad. Centrala Alicante är dessutom en "lagom stor" stad och beräknas ha cirka 330 000 invånare.

Är man sugen på shopping är det inte heller några problem. Mängder av fashionabla butiker och affärer finns tillgängliga inom behändigt gångavstånd. Eller är man ute efter fest och party så kan man välja mellan en uppsjö av musikklubbar och nattklubbar och partygator.

Alicantes strand heter El Postiguet och ligger ett stenkast från hamnen. Stranden som består av fin mjuk sand är kantad av en lång och härlig strandpromenad med palmer. Utmed strandpromenaden finns en mängd trevliga strandrestauranger och caféer. Jag var också sugen på att besöka lilla ön Tabarca som ligger ett stenkast från kusten. Tydligen kunde man ta en båt dit, själva resan skulle ta en timme ungefär.

Ja, vad tror ni att vi hann med under dessa dagar i Alicante? Oftast är man så optimistisk innan och tänker att man ska hinna med sååå mycket. Men det sista vi ville var ju att stressa. Det hade vi nog med hemma i vardagen. Nej, vi skulle ta dagen som den kom och inte planera in för mycket. Första kvällen på plats i Alicante åt vi en fantastiskt god lammfilé med ugnsstekt potatis och ett lokalt rödvin på en av Barrios (Gamla stan) mysiga och intima restauranger. Vi är inga stora köttätare. Visst kan det vara ljuvligt gott med en oxfilé eller fin entrecote ibland. Men lamm…mmm… så gott. Det är verkligen en favorit hos både mig och maken. Förr i tiden kunde vi dessvärre inte laga lamm så ofta. Vår lilla vita dvärgschnauzer var livrädd för doften av grillat eller stekt lamm. Så fort det tillagades sprang han och gömde sig i ett hörn någonstans. När värsta rädslan hade släppt vågade han sig fram och ville mer än gärna provsmaka. Inte helt vanligt, men tydligen finns det vissa hundar som reagerar med rädsla för lukten av stekt lamm.

28. ALICANTE I OKTOBER

Tillbaka till Alicante nu;

Vi njöt av livet, staden, maten och den avslappnade atmosfären. Efter första kvällens fantastiska middag flanerade vi runt och glatt överraskade, konstaterade vi att stadens charm var svår att motstå. Det som också bidrog till den livfulla och positiva känslan var alla studenter. Alicante är en universitetsstad som gästas av studenter från hela Europa. En positiv och snäll stad var vår upplevelse. Vi hade fått mersmak helt enkelt. Alicante bjuder verkligen på en perfekt och härlig mix av storstad, kulinariska mat- och dryckesupplevelser, kultur, intressant arkitektur, historia och inte minst strandliv vid den underbara stranden. Det är helt enkelt svårt att inte bli charmad av denna härliga Medelhavspärla som har så mycket att erbjuda.

Det myllrande folkvimlet runt den marmorbeklädda esplanaden vid hamnen, den stora och moderna marinan, det härliga utelivet på stans alla uteserveringar. Utbudet är oändligt. Bar- och restauranggatan Calle de Castaños är en kokpunkt av glada människor som samlas för att äta, dricka, festa och umgås. Även på andra sidan om ramblan, i Alicantes genuina gamla stadskärna och runt San Nicolás katedral vimlar det av restauranger och barer. Sorlet är inte lika högt som runt Castaños och folket är nog mer blandade åldersmässigt. Önskar man ett lite lugnare tempo kan man söka sig längre in i Barrio de la Santa Cruz, Alicantes Gamla stan, en fantastisk pärla. Här har tiden stått stilla genom alla år. De smala gränderna som slingrar sig fram och uppåt mellan de charmiga gamla husen i alla dess olika färger. Många hus är omgivna av grönskande plantor och blommor planterade i krukor utanför de slitna portarna. De smala och trånga balkongerna är aldrig för små för att fyllas med grönska. Och högst upp på takterrasserna kan de bedårande blommorna få sällskap av mindre palmer, kaktusar och utemöbler. Allt i en salig blandning, charmigt och helt underbart. Gamla utnötta stentrappor som vittnar om stadens historia leder dig uppåt mot högsta punkten i Gamla stan. Här är chansen stor att du hittar just dina egna smultronställen som små intima och genuina restauranger och barer.

Vår andra kväll i Alicante började närma sig sitt slut. Vi hade inte hunnit gå på något av stadens museum. Eller rättare sagt, vädret var för vackert för att tillbringa tiden inomhus. De fanns ju kvar till en regnig dag, konstaterade vi. Men en sak hade jag gjort nästan omgående. Det var att gå ut och köpa en stor bukett med färska blommor och en duk till det stela, moderna matbordet av glas. Någon passande duk hittade jag inte. En stor vacker sjal fick duga. Jag ville "boa" in mig i lägenheten. Nöjd och belåten arrangerade jag blommorna vackert i en vas och lade ut duken på bordet. Nu skulle vi få känna på hur det var att bo i en liten studio mitt i Alicante. Om än bara för några dagar.

Innan vi gick och la oss avrundade vi kvällen med ett glas rött vin på terrassen. Utsikten över kyrkan och det upplysta slottet i bakgrunden var magiskt vackert. Det var inte ett moln på himlen. Månen som precis var på väg till fullmåne lyste upp natthimlen med stjärnorna som sällskap. Återigen kände jag en enorm tacksamhet över att få vara en del av detta underbara liv. Det var svårt att slita sig från detta vackra skådespel trots att vi båda var trötta efter den långa dagen med alla nya intryck. Till slut segrade tröttheten och vi sa godnatt till månen, stjärnorna och slottet.

"Vakna, älskling, vakna. Klockan är nio och solen skiner." Jag sträckte mig över maken och gav honom en puss. "Vad ska vi hitta på idag?" Efter att ha sovit ovanligt gott var jag full av energi och redo att möta dagen. "Jag springer ner och köper en baguette och varsin croissant" sa jag hurtigt i nästa andetag. Jag hade redan klätt på mig en av mina favoriter, min blå- och vitprickiga klänning och en tunn kofta. Det långa håret var för en gång skull välborstat och solglasögonen var på plats uppdragna på huvudet. "Så kan väl du sätta på lite kaffe." Jag ville verkligen smaka på känslan av att bo här. Även om det bara var för några få dagar, så kunde jag i alla fall få låtsas. Några minuter senare var jag ute på gatan. Ska jag gå åt vänster eller höger? Jag försökte dra mig till minnes om vi hade passerat något bageri i närheten av lägenheten. Plötsligt dök det upp en minnesbild av ett bageri lite längre upp mot Mercado i närheten av den lilla mataffären där vi hade handlat vatten dagen innan. Med snabba och lätta steg promenerade jag gatan upp. Bara några minuter senare hade jag bageriet på min högra sida. Ett fräscht bageri med mängder av godsaker att välja på.

" Buenos dias. Yo quiero un baguette y dos croissants por favor." Jag log mot den söta flickan bakom disken. Hon såg ut som en äkta bagerska med en käck bagarmössa som täckte det mörka håret. Jag försökte se ut som vilken stadsbo som helst. Även om jag visste att jag avslöjades så fort jag öppnade munnen och försökte prata spanska. Men expediten förstod vad jag sa och log tillbaka. Hon svarade mig " Buenos dias señora". Sen rabblade hon snabbt något på spanska som jag över huvud taget inte hade en chans att förstå. Jag log och nickade. När hon hade plockat ihop bröden i en påse sträckte jag över tre euro för att vara på säkra sidan att pengarna skulle räcka. Jag tog emot påsen och växeln, svarade med ett glatt gracias som följdes av ett lika glatt adiós. Med brödpåsen i handen gick jag ut i den fortfarande lite svala morgonsolen. Men tänk så härligt det var! Maken och jag på tu man hand i Alicante, solen skiner, livet leker och snart var det dags för en smarrig frukost på terrassen. Underbart!

"Halloj, nu är jag hemma igen!" ropade jag när jag hade klivit in genom dörren. Maken stod i köket och fixade frukosten. Han var i full färd med att skiva upp jordgubbarna till yoghurten. Lite serranoskinka och en bit god manchegoost med den milda nötiga smaken låg upplagda på en tallrik och väntade på baguetten. Den äkta, spanska färskpressade apelsinjuicen var redan upphälld i glasen. Kaffet började precis bubbla i den klassiska italienska espressokannan. En delikat frukost som serverades utomhus på terrassen i förmiddagssolen.

Vi slog oss ned i varsin rottingfåtölj och njöt av dagens första måltid. Frukosten är en av våra favoritstunder på dagen. Den ska avnjutas i lugn och ro. Har man lyckan att få avnjuta den utomhus på en terrass i Alicante med höstsolens ljumma värme så kan det faktiskt inte bli bättre. Lugnet och tillfredsställelsen var total. Jag höjde blicken, tittade upp, vred huvudet åt höger och beundrade den vackra kupolen på kyrkan. På något märkligt sätt kändes det som att vi hade hittat hem. Den oväntade känslan av samhörighet gjorde mig förstås lite lätt förvirrad, men på ett bra sätt. Maken samlade ihop brödsmulorna från bordet, suckade belåtet och lutade sig lojt tillbaka. "Vad ska vi hitta på idag tycker du?" frågade han mig med en nöjd min. "Vädret ska ju vara fortsatt fint."

"Ska vi gå ned till stranden en sväng? Och hamnen" svarade jag. "Så kanske man kan bada!" Maken är nog lite mer badkruka än jag, det ska vara minst tjugofem grader varmt i vattnet anser han om det ska vara värt att hoppa i. För kallt är inte bra för hälsan är hans filosofi. Själv älskar jag ju att bada och tar chansen så fort jag får möjligheten. Så blev det, under tiden när maken plockade undan frukosten så packade jag en liten ryggsäck innehållandes bikini, handduk och för säkerhets skull makens badbyxor också. En stund senare var vi på väg ut för att möta en ny härlig dag, nyfikna på vad den skulle erbjuda oss. Vi styrde stegen ner mot hamnen, där var det full aktivitet med ett folkliv som bestod av både turister i alla möjliga åldrar, men även lokalbor. Väl nere vid hamnen kunde vi beskåda båtar av många olika slag, stora vräkiga lyxjakter, vackra ståtliga segelbåtar, rymliga nog för att kunna bo året runt på, men även mindre båtar. Maken stannade till och fick något drömskt i blicken. Han är ju en inbiten båtmänniska. Framför allt träbåtar får hans hjärta att klappa lite fortare. Många gånger pratar han nostalgiskt om sin vackra salongsbåt i hondurasmahogny från 30-talet som han hade i sin ägo under några år. För att sedan sälja den och köpa en ny fantastisk träbåt. Denna gång var det istället segling som gällde och då blev det en blekingekoster. Tyvärr krävde dessa vackra skönheter till träbåtar alltför mycket arbete så det praktiska tog över och slutligen köpte han en Finnsport, motorbåt i plast. Praktiskt men var den charmerande? Nej. Hans hjärta klappar än idag för de vackra träbåtarna. Men jag, den sjösjuka frun, satte käppar i hjulen för det fortsatta båtägandet tyvärr. Visst har vi varit ute och seglat tillsammans han och jag, till och med flera gånger. Men en dos sjösjukepiller krävs för att jag ska överleva dessa äventyr.

Där stod vi i Alicantes hamn, som egentligen heter Puerto Deportivo Alicante och beskådade skönheterna. Förstående lät jag maken hållas lite längre än vad mitt tålamod egentligen ville. Till slut sa han självmant "Ska vi kanske gå vidare och kolla hur långt ut vi kommer?" Hamnen är ju inte bara omgiven av båtar. Det finns även en mängd olika restauranger, caféer, barer runt omkring med härliga terrasser och perfekt utsikt över vattnet och båtarna. De ståtliga palmerna står på rad längs kajkanten. Vänder man blicken in mot staden ser man även slottet Castillo de Santa Barbara högst uppe på berget. Det är inget slott i bemärkelsen tjusigt slott med tinnar och torn. Slottet går även under benämningen borgen, vilket kanske är en mer korrekt benämning. Santa Barbara är vackert upplyst om kvällarna och det är en magisk syn att stå nere vid hamnen och blicka upp mot skönheten uppe på berget. Magi, historia och mystik i en spännande kombination. Hamnen erbjuder ibland även marknadsstånd innehållande mat, hantverk, kläder samt en salig blandning av saker man både behöver och inte behöver, men kanske vill ha, eller inte. Ibland om man har tur, kan hamnen få fint besök av något gammalt anrikt segelskepp som gästar hamnen och har man ännu mer tur kan man till och med få gå ombord och besöka fartyget. Som kontrast till de vackra och gamla skeppen finns The Ocean Race Museo. Utanför byggnaden var en av racersegelbåtarna uppställd, elegant och stilig. Till och med tyckte jag att det var lite kul att betrakta den på så nära håll. Genom åren har Alicante även haft den stora äran att vid återkommande tillfällen vara starthamn för det stora världsomfattande eventet The Ocean Race. Ett evenemang som lockar publik från hela världen. Men nu lämnar vi hamn- och båtlivet för den här gången.

"Vad säger du, ska vi gå till stranden, vi har ju faktiskt inte varit där ännu", sa jag och kisade mot solen som värmde härligt skönt i ansiktet. Koftan hade åkt av och jag var nog allt lite varm fortfarande, trots klänningens korta ärmar. "Jag är faktiskt sugen på att bada, eller i alla fall doppa mig. Bäst att passa på, man vet aldrig i morgon kanske det regnar".

Maken hade inga invändningar, i alla fall inte till att gå till stranden. Badandet var en annan sak, så det återstod att se om han skulle våga sig i. Vi vände tillbaka och strosade i sakta mak längst kajlinjen. På höger sida passerade vi igen de soliga uteserveringarna där folk njöt av den varma och sköna höstsolen sipprandes på ett glas vin eller en svalkande caña, en spansk liten fatöl. Jag såg hur makens blick fastnade på ett par som satt vid ett av borden som vi precis höll på att passera förbi. Mannen i paret höjde handen och för att ta en klunk öl. "Mmmm, jag är törstig." sa maken en hundradels sekund senare. Jag förstod att det betydde "Kan vi stanna och ta en öl?"

Tio minuter senare satt vi med ett varsitt litet glas iskall öl i handen. Det var ljuvligt gott. Den kalla ölen svalkade våra torra strupar. Precis vad vi behövde efter ett par timmars strosande i solen. Tiden stannade, vi njöt, livet lekte, solen värmde underbart skönt, inga som helst måsten. Jo, jag måste bada, så var det ju!

De salta och härligt svalkande vågorna sköljde över mig. Inte hela mig men jag blev genomblöt upp till midjan. Jag hade vadat ut en bit i det långgrunda vattnet och hoppade lite lätt varje gång en våg kom rullande mot mig. Jag vadade längre och längre ut för att till slut vara så pass långt ut att hela jag blev blöt. En rysning av välbehag uppblandat med kroppens direkta reaktion på vattnets svalkande effekt. För att efter några sekunder övergå till ren njutning. Åh, så jag njöt! Det här hade jag längtat efter så länge. Att få bada i oktober, vilken lycka! Vattnet var varmare än jag hade trott. När jag väl hade doppat mig var det helt underbart. Jag dök ner i de små rullande vågorna och frustade av välbehag. Efter en stunds badande återvände jag till strandkanten lycklig som ett barn. Tror ni att jag fick med mig maken ner i badet? Absolut inte, med ursäkten "Men vem ska vakta våra grejer om vi bägge badar?" kom han undan badet denna gång. Mitt rappa svar "Enkelt, jag doppar mig först och sen kan du hoppa i" fick inget gehör. Han är en riktig badkruka, min man. Tur att vi är olika! Jag lät kroppen soltorka en liten stund för att sen ta av mig de blöta badkläderna och sätta på mig klänningen, torkade bort sanden från fötterna och tog på mig skorna igen. Det fortfarande blöta långa håret snurrade jag upp i en enkel knut för att hindra det värsta obehagliga droppandet på axlarna.

Kurrandet i magen gjorde oss nu påminda om att det var allt för många timmar sedan vi åt frukost. För enkelhetens skull slog vi oss ned vid närmsta strandrestaurang och beställde in en varsin Sallad Nicoise. Det var en spansk variant på den franska klassikern. Men precis lika fräscht, enkelt och gott som originalrätten. Ett glas kallt vitt vin fick komplettera den något sena lunchen. Vi kände oss avspända och lite loja efter några timmar i höstsolen och funderade på hur resten av dagen skulle planeras. Maken plockade åt sig de två sista oliverna som låg kvar på min tallrik och suckade belåtet. "Ja, vad säger du, vad ska vi äta ikväll? Kanske ska vi gå och kolla på Mercadon om vi hittar något att grilla. Jag såg att det fanns grillkol till grillen på terrassen. "Kanske lite scampi" sa vi precis i samma sekund, i munnen på varandra. Så fick det bli. En hemmakväll i lägenheten på terrassen. Det kunde inte bli bättre. Om vi hade ork efter middagen skulle vi kunna ta en promenad ner på stan och ta en kaffe någonstans. Eller vem vet, kanske ett glas vin som avrundning för kvällen. Det återstod att se.

Vi har verkligen det gemensamma intresset för mat, hela familjen, gärna medelhavsinspirerad. Ofta med en crossover med det asiatiska köket. Lime, koriander, ingefära, citron, mynta, fisk och skaldjur av diverse olika slag, en fin liten köttbit då och då, grönsaker i alla dess olika färger. Det finns fantastiskt mycket goda och fräscha råvaror och kryddor att experimentera med i köket. Oftast är det jag som står för matlagningen. Japanska specialiteter som till exempel sukiyaki eller tempura och även när det gäller såser, då är maken oslagbar. Njutningsfulla middagar har alltid varit och är fortfarande en central mittpunkt för hela vår familj, stora som små. Den yngste sonen delar även vårt matintresse. Redan som liten parvel tyckte han att familjen minsann skulle skaffa sig en egen restaurang eller ett litet pensionat. Nu blev det varken restaurang eller pensionat, men en uppsjö av spännande och intressanta matupplevelser har vi åstadkommit på hemmaplan och på våra resor runt om i Europa.

Månen lyste klart från en midnattsblå himmel. Solens värmande strålar hade i en vacker och färggrann sorti lämnat över till månen och stjärnorna. Kvällen var ändå fortfarande behaglig. Lite kvällssvalt var det förstås, så en extra tröja behövdes. Klockan började närma sig nio. Maken och jag satt på terrassen med ett varsitt glas vin i handen. Vitlöksmarinerade langostinos och färska grönsaker låg på den perfekt glödande grillen och var alldeles strax färdiga. Couscoussalladen väntade i köket. Jag tittade på min man, kvällens kock, där han satt bredvid grillen och bevakade räkorna så att de inte skulle brännas vid. Så avspänd och lycklig han såg ut. En relativt enkel men smakfull middag stundade. Det doftade fantastiskt gott och retade våra smaklökar. Alldeles strax skulle vi få avnjuta vår goda hemlagade spanska grillmiddag på terrassen. Ingredienserna hade vi inhandlat på Mercado, bara det hade varit en ren skär lycka. Att få botanisera bland alla godsaker, svårigheten var att välja, vi kunde ju inte köpa och äta allt det goda vi såg.

Lyckliga och nöjda summerade vi dagen och kunde konstatera att vi blev mer och mer förtjusta i den här charmiga staden som faktiskt hade allt. Visst, kunde vissa delar av stan upplevas som lite sjaviga. Om man rörde sig lite längre bort från citykärnan kunde man se att en del hus var både trötta och nötta. Många fasader skulle behöva en rejäl uppfräschning. Vi var också förvånade över oss själva att vi inte blev störda av den bitvis kraftiga biltrafiken som susade och brusade runt omkring på de större gatorna.

När maten var uppäten och disken diskad bestämde vi oss för att avrunda kvällen med en liten promenad. Även om klockan var rätt sen ville vi inte gå och lägga oss. Här gällde det att ta vara på tiden. Vi tog hissen ned och minuten senare stod vi mitt på ramblan som myllrade av folk, flanerande i alla olika riktningar. Vi tog direkt till höger och passerade den lilla japanska restaurangen på vänster sida, där vi hade varit med sonen vid vår förra resa. Strax därefter passerade vi pensionatet på höger sida som vi bodde på kvällen då det stora påskfirandet hölls. Maken kikade upp mot balkongen och påminde mig "Där stod vi och tittade ut på festligheterna, känner du igen balkongen?" Såklart jag gjorde! Vi kastade ett öga på restaurangen

"Sale&Pepe" som vi aldrig besökt men som såg så ombonad och inbjudande ut. Restaurangen var nästan tom. De flesta av kvällens gäster hade ätit klart och lämnat lokalen. Men vid ett av borden satt ett mindre sällskap om fyra-fem personer som åt en sen middag. Några bord ifrån dem satt ett, till synes, förälskat par som skålade med varandra. Mannen verkade säga något. Kvinnan log lyckligt mot honom. Vi fortsatte flanerandet. Katedralen San Nicolás vakade över torget. Dess mäktiga portar var stängda för kvällen. Efter ett par minuter kom vi fram till folkvimlet, där många barer ligger som ett pärlband efter varandra. Ljudnivån steg. Folk satt ute trots att kvällen började bli sen. En del hade det riktigt varmt och gott under de stora portabla gasolvärmarna. En lättsam och trevlig stämning, med en blandning av åldrar från spannet unga studenter till pigga pensionärer. "Ska vi stanna här och ta ett glas vin?" frågade jag. Vi hittade ett ledigt bord och slog oss ned. Kyparen hade sett oss komma och gick fram till vårt bord sekunden efter att vi hade satt oss till rätta. I sista sekund ändrade jag mig och beställde in en läskande mojito i stället. Maken tog till sin vana ett glas rött vin. Att bara sitta här och betrakta folkvimlet och höra sorlet från gästerna runt omkring räckte långt för oss. Båda försjönk i sina egna tankar en stund. Vi njöt av tillvaron. Den klara fullmånen mötte min blick när jag lyfte blicken och tittade upp mot himlen. Känslorna till denna underbara stad växte mer och mer för var dag som gick. Återigen kände jag den totala lyckan och tillfredsställelsen.

29. UTFLYKT TILL EL CAMPELLO

Dagen efter var vi sugna på något nytt äventyr. Vi bestämde oss för att ta tramen till någon av de närliggande orterna. Vi ville inte åka så långt bort som till Altea och där hade vi ju redan varit. Nej, vi ville se något helt nytt. Valet blev då den lilla orten El Campello. El Campello har sitt ursprung som en liten fiskeby och ligger på ett bekvämt avstånd från Alicante. Med tramen skulle det ta oss ungefär en halvtimme. Dessutom hade jag hittat ett radhus till salu i den lilla staden. Vi visste inte exakt var. Men med lite detektivarbete och resande på Google Earth kunde vi få en ungefärlig position. Det här med att resa på Google Earth och lista ut var tilltänkta objekt ligger är en liten hobby som både jag och maken delar. Så med andra ord, det här skulle bli en perfekt liten utflykt. Även denna dag sken solen från en klarblå oktoberhimmel. Morgonen övergick till förmiddag och solen hade börjat värma upp luften ordentligt. Det skulle bli ännu en fin dag. För säkerhets skull packade vi ned badkläderna i ryggsäcken, två handdukar och en flaska vatten. Det kändes som ett härligt återseende att kliva på den orangefärgade tramen som skulle ta oss till El Campello. Biljetterna för en tur- och returresa hade vi köpt i biljettautomaten vid stationen, Mercado. Några direkta planer för vad vi skulle göra i El Campello hade vi inte. Lunch och bad var ju självklart. Hade vi tid och ork över så kanske vi kunde försöka kolla in radhuset också.

Tågresan gick fort. Vagnen var bara halvfull. Några turister betraktade omgivningen storögt, pekade, kommenterade och fotade genom fönstret. Själva hade vi ju åkt den här vägen ett par gånger tidigare. Så nu kände vi oss relativt välbekanta med omgivningen. Ett - tu - tre, så var det dags att kliva av. Vi var framme.

El Campello är en charmerande liten stad som har det mesta av service man kan begära eller behöva. Det är både en genuin och levande stad med knappt 30 000 fasta invånare. Fisket är en central del och det dagliga utbudet av färsk nyfångad fisk är stort. Den årliga traditionella fiestan "Moros y Cristianos (Morer och Kristna) är mycket uppmärksammad. Ett skådespel där de iscensätter olika strider mellan morer och kristna. En fiesta som får Campelloborna att gå man ur huse för att uppleva och delta i festligheterna. Självklart har El Campello en härlig lång fin sandstrand och tillhörande palmkantad strandpromenad. Restaurangerna, caféerna och barerna ligger som ett pärlband längst stranden. Fortsätter man längst stranden norrut kommer man så småningom till stadens marina. Längre in mot stadens kärna finns fler butiker, restauranger och den allmänna servicen.

Hungern gjorde sig påmind direkt när vi kom ner till strandpromenaden. Fullt med folk överallt, det var ju lördag. Många familjer bestående av föräldrar, far- eller morföräldrar, barn och barnbarn tillbringade eftermiddagen tillsammans. Sammanhållningen och umgänget mellan generationerna är vanligare här nere i söder än hemma i Sverige. Det pratades, gestikulerades och skrattades. Mat och dryck förtärdes med god aptit och sann glädje. Största delen av människorna runt omkring oss verkade vara ortens lokalbefolkning. Ett härligt nedslag i en äkta spansk lördagseftermiddag helt enkelt! Efter en stunds letande hittade vi ett ledigt bord. Restaurangen kändes avslappnad och inbjudande med en till synes lockande meny. Det visade sig vara ett ypperligt val när maten kom in en halvtimme senare. Jag hade beställt en av mina favoriter, grillade sardiner till förrätt. De kom in enkelt upplagda på en tallrik ackompanjerade av en halv citron. Mer än så behövdes det inte. Vackert, enkelt och makalöst gott!

Jag är hemskt ledsen men minns faktiskt inte varken vad jag åt till varmrätt eller efterrätt. Det var med all säkerhet gott, trots allt överträffades inte de fantastiska sardinerna.

Mätta och belåtna beslöt vi oss för en av våra favoritsysselsättningar, promenera. Vi vände på klacken och tog oss så långt norrut vi kunde, bort mot hamnen. En bit bakom hamnen med fiskebåtarna och fritidsbåtarna kan man finna La Illeta, med de unika och gamla arkeologiska utgrävningarna. Ett stort område ute på udden, föremål som uppskattas komma från 3000 f.Kr har bland annat grävts ut där. Här finns även de gamla romerska baden som egentligen ursprungligen är gamla fiskodlingar från Bronsåldern. Vi tog oss ända ut på udden. Det kristallklara havet låg för dagen blankt och siktdjupet var flera meter ned till botten. Ett par ensamma simmare njöt av vattnets svalka. Jag letade efter en bra plats att ta mig ner för klipporna och i vattnet, men insåg ganska snabbt att det inte var det enklaste. Med knöligt och hårt underlag, utan badskor skulle det nog bli ajajaj för fötterna. Jag fick helt enkelt hålla mig en stund till. Promenaden fortsatte bortåt mot en smal strandremsa som verkade vara mer lämplig.

"Kom i det är så skönt!" Jag plaskade runt i vattnet, glad som ett litet barn. Till min förvåning såg jag hur maken plötsligt stod i badbyxorna, redo att göra mig sällskap. Små moln på himlen seglade förbi, i övrigt var himlen klarblå. Jag låg på rygg, tog några simtag och bara njöt. Tänk om man kunde frysa ögonblicket en stund. Frös gjorde jag inte. Vattnet var behagligt ljummet. I luften var det med all säkerhet uppåt 27 grader i skuggan. Det uppfriskande och välbehövda badet var helt perfekt. Precis vad vi behövde för att få lite ny energi. En stund senare var vi påklädda igen, nöjda och belåtna. Eftermiddagen började närma sig och snart var det dags att återvända tillbaka till Alicante. Men först innan dess ville vi hitta radhuset som var till salu. Enligt kartan skulle det vara ungefär en halvtimmes promenad - piece of cake. En timme senare och efter mycket letande stod vi faktiskt framför radhuset. Ett välskött litet förortshus med en egen olivlund på baksidan. Men hela bostadsområdet, som var ganska omfattande, var totalt övergivet och ödsligt, samt allt för långt från stan tyckte vi. Strax därefter passerade vi en liten och halvt sjavig bar. "Äre här jag ska sitta och snacka med gubbarna på spanska" kluckade maken skeptiskt av skratt. "Nej, jag tror inte att det är nåt för mig".

30. VÄNSKAP, FÖRÄLSKADE ELLER ÄKTA KÄRLEK?

Våra mysiga och härliga dagar i Alicante började närma sig sitt slut. Dagarna hade varit fulla av nya och positiva intryck. Till vår förvåning kom vi på oss själva att inte en enda sekund hade vi ägnat en tanke, eller ännu mindre nämnt våra Frankrikeplaner. De låg helt enkelt inbäddade i en lätt dvala nerstuvade i byrålådan. Däremot hade vi nyktert konstaterat att närheten till Alicantes flygplats var väldigt praktiskt. Något som Languedoc aldrig skulle kunna erbjuda.

Tro det eller ej, vi började helt enkelt bli mer och mer förtjusta i Alicante. Vi hade till och med hunnit nosa lite på området ovanför och runt Mercado. Men det var så pass lite så att det knappt räknades. I vanlig ordning hade jag läst på och hade förstått att många rekommenderade bostadsområdena precis bakom och runt om tjurfäktningsarenan. Men när vi just hade börjat bli varma i kläderna var det förstås dags att lämna Alicante och åka hem till Stockholm. Det var svårt att ta farväl av staden som fängslat oss med sin charm och vänlighet. Äventyret var slut för den här gången.

Lite lätt förvånade kunde vi konstatera att Alicante hade gjort ett mycket större och varmare intryck än vad vi hade räknat med. Samtalen och drömmarna tog ännu en gång en ny vändning. Det franska blodet som pulserade i våra hjärtan fick lämna över till det praktiska. Förhoppningsvis skulle den varma och vänskapliga känslan kunna utvecklas till en äkta kärleksrelation med vår nyvunna bekantskap - Alicante. Staden som har så mycket att erbjuda.

Så här kan jag kortfattat beskriva Alicante och vår upplevelse under oktoberresan:

Hav och Hamn
Berg, utsikter och grönska
Gamla stan och stadspuls
Vilopauser med tapas
Borgen Santa Barbara
Romantik
Goda viner
Fantastisk mat
Vänliga människor
Sol och bad
Promenader
Skratt och lycka
Alla dessa vackra hus
Vi njuter av livet

Väl hemma i Sverige summerade och sorterade vi våra nya intryck för att få distans. Vi behövde få grepp om vad vi kände, tyckte och ville. Både jag och maken hade svårt att släppa tanken på Alicante. Som sagt, vi var mycket förvånade över utvecklingen, oss själva och vår tvära vändning. Ännu en gång.

En förklaring som vi gav oss själva var;

Nu hade vi, efter alla turer fram och tillbaka hittat den perfekta balansen och kombinationen av realism och positiv feeling. Det korta avståendet till flygplatsen var svårslaget.

Hur skulle vi gå vidare? Skulle vi gå vidare över huvud taget? Vad ville vi? Skulle vi trivas i en lite större stad? Det var ju inte riktigt det vi hade tänkt oss från början. Återigen alla dessa frågor.

Plötsligt dök lösningen upp som en blixt från en klar himmel. Vi långtidshyr något i Alicante. Självklart! Då kan vi prova i ett halvår eller så, känna på om kärleken skulle fördjupas mellan oss och Alicante. Familjen skulle kunna åka ner över långhelger och lov. Maken och jag skulle kunna tillbringa ett par veckor själva där med hjälp av mormor och morfar på hemmaplan, så att sonen skulle känna sig trygg.

Sagt och gjort, letandet av hyresobjekt startades. Vi ville hitta något centralt. Det behövde inte vara stort. Men möblerat och fräscht ville vi förstås att det skulle vara. Oj vad jag letade. Det var faktiskt svårare än vad jag hade trott. Jag hittade några intressanta objekt. Framför allt var det ett som verkade som klippt och skuret för oss. En liten vindsvåning, parallellgatan till ramblan. Den bestod av två sovrum, vardagsrum, kök och med en liten terrass med utsikt över ramblan. Vi tog kontakt med uthyraren och försökte få igång en dialog med honom. Då började allt kännas märkligt. Personen ifråga ville absolut inte diskutera per mejl. Det var telefon som gällde, på spanska annars fick det vara menade han. Vilket vi inte alls behärskade. Vi drog åt oss öronen förstås. Hopplösheten växte. "Jag vet inte om jag orkar med det här längre" suckade jag och beklagade mig för maken. "Hur vi än håller på så kommer vi inte framåt".

Vi hade bokat en ny resa till Alicante i december, för att titta på eventuella hyresobjekt. Eftersom vi inte ville lägga alla ägg i samma korg hade vi även bestämt oss för att titta på en del lägenheter som var till försäljning. Inte ännu en resa som bara skulle gå åt till att fantisera och drömma utan att det skulle leda någon vart. Plötsligt kunde vi inte hitta ett enda intressant hyresobjekt. Kanske handlade det om att jag hade blivit skeptisk till hyresbranschen, att det helt enkelt kändes för osäkert och struligt att hyra. Därför bestämde vi att i huvudsak lägga fokus på objekt som var till salu. Våra kriterier var att vi ville ha minst två sovrum, en liten terrass eller stor balkong var ett måste. Inte mer än tre trappor upp om det inte fanns hiss. Inte allt för mycket renovering. Gångavstånd till ramblan. Och sist men inte minst, objektet måste ligga inom vår budget. Många tänkbara objekt gick direkt bort direkt på grund av de låg fyra-fem våningar upp utan hiss. Med tanke på framtidens trötta knän och alla tunga matkassar var det ingen ultimat investering för oss. Eftersom vi fortfarande inte kände till så mycket om områdena runt själva kärnan av Alicante siktade vi in oss på områdena runt tjurfäktningsarenan och stadsdelen Carolina Altas. Ett antal mäklare kontaktades som verkade ha intressanta objekt. Många av objekten låg ute hos flera olika mäklare, vilket tydligen inte alls var ovanligt. Det var en djungel att försöka få ett grepp om vilka mäklarbyråer som kändes mest seriösa. Efter en hel del research och noggrant kontrollerande, valde vi slutligen att gå vidare med en svensk och två spanska mäklarbyråer. Vi fick fin kontakt med samtliga mäklare och bokade in ett antal visningar med dem. Korrespondensen skedde både per telefon och mejl på engelska utan problem och förstås svenska med den svenska mäklaren. Ganska snabbt konstaterade vi att de svenska mäklarnas priser låg något högre än de spanska mäklarna. Med spänning och en viss otålighet såg vi fram emot att få åka ner till Alicante igen.

Några objekt kändes lite hetare än andra, framför allt var det en takvåning som vi kallade för "hippielägenheten". En färggrann trerummare med stor härlig terrass. I och för sig låg den något över vår budget, läget verkade helt rätt. Vi hade också kollat in en lägenhet som verkade vara i perfekt skick. Tre sovrum, vardagsrum och kök, en relativt stor balkong. Möblemanget ingick, snygga fina möbler. Kruxet var att lägenheten låg fem trappor upp utan hiss. Men vi ville ändå titta på den.

Sedan var det en lägenhet som låg ute hos ett flertal olika mäklare. Lägenheten var absolut inte i toppskick. Bilderna speglade en sliten lägenhet med miserabelt möblemang. Men det fanns något som vi inte kunde släppa. En känsla av möjligheter. Den bestod av tre sovrum, kök, vardagsrum, inglasat matrum och en öppen terrass. Ingen hiss och tre trappor upp. Läget verkade också bra, mitt i Carolina Altas. Enligt Google Earth skulle det ta ungefär tio minuter till stora Consum och strax över femton minuter ner till ramblan. Närheten till tramen var också ett plus. Priset var dessutom inom vår budget. Utöver dessa tre lägenheter hade vi tittat ut ytterligare några tänkbara objekt. Kanske inte kärlek vid första ögonkastet, men absolut värda att kolla upp på plats. Vi skulle ju inte åka ned och köpa första bästa lägenhet. Det här var ju bara starten på vår lägenhetsjakt i Alicante. Nu skulle vi på riktigt undersöka, besöka och noggrant utvärdera utbudet. Vi var helt medvetna om att det var en köpprocess som kunde ta tid. Tid innan vi skulle hitta det perfekta objektet. Vi hade inte så många dagar att boka in visningar på. Dessutom var det helgdag en av dagarna och alla butiker och kontor var stängda.

Så här såg vårt schema ut. Några få dagar och ganska intensivt.

Dag ett - ankomst

Dag två - visning av fyra lägenheter

Dag tre - visning av fyra lägenheter

Dag fyra - visning av tre lägenheter

Dag fem - helgdag inga visningar

Dag sex - hemfärd

31. ALICANTE DECEMBER 2019

Nu var det dags. Väskorna var packade och äntligen var vi på väg. Glada, förväntansfulla, pirriga, nyfikna och uppspelta.

Dag ett

Vi kom fram till Alicante på eftermiddagen. Inflygningen var hemsk. Fruktansvärda stormvindar och med regnet som öste ner från en mörk och kompakt himmel fick till och med den erfarne resenären att darra lite. En lättnadens suck kunde höras från oss bägge när vi till slut stod tryggt och stabilt på spansk mark. Redan hemma i Sverige hade vi förberett oss på det rejäla ovädret så regnjackor och paraply var ordentligt nedpackade. Regnet hade avtagit något men blåsten var förskräcklig. Vinden slet och drog i allt och alla. Den piskade oss obarmhärtigt i ansiktet när vi stod och väntade på flygbussen in till Alicante. Turen visade sig ändå vara på vår sida. Väntan blev bara några minuter och strax därefter satt vi på bussen skyddade från ovädret. Både maken och jag försökte hålla humöret uppe. Med en stark övertygelse sa jag till honom att det skulle bli bättre väder under morgondagen. En halvtimme senare var vi framme vid vårt boende, vilket var en repris på tidigare. Det vill säga vi hyrde lägenheten med det perfekta läget på ramblan. Kändes som att komma hem igen. Det dåliga vädret bidrog till att resten av eftermiddagen och kvällen var rätt händelselös. Vi trotsade regnet för att gå ut och handla det vi behövde för stunden. En snabb middag ute på stan och tidigt i säng.

Dag två

Morgon, strax efter frukost. Plötsligt plingade makens mobil till. Ett meddelande från en av de spanska mäklarna som frågade "Is it possible for you to be at our office in 15 minunets to see the first apartment?"

"Va? Om femton minuter?" utropade jag med stressad röst. "Ta det lugnt" svarade maken. "Vi tar en taxi." Egentligen hade vi bestämt att ses först om en timme, men här gällde det tydligen att vara flexibla. Det långa rufsiga håret snurrades snabbt ihop i en tofs. Jag slängde på mig en kofta, kappa och på med stövlarna. Maken stod redan redo i hallen. Snabbt ner med hissen, ut på ramblan. Vi visste att det låg en taxistation tvärs över gatan. Två minuter senare satt vi i taxin på väg till mäklarens kontor i Carolina Altas. Dryga fem minuter senare och fem euro fattigare (så billigt) stod vi utanför mäklarens kontor. Lite pirrig och uppspelt var jag allt. Om maken var det vet jag inte, men han utstrålade ett betryggande lugn. Med bestämda steg klev vi in genom entréns glasdörr och hälsade glatt på den unga spanjorskan, mäklarassistenten, som satt vid ett skrivbord direkt vid ingången. Artigt presenterade vi oss för varandra. Hon pratade utmärkt engelska. Mäklaren var strax på ingång. Vi fick slå oss ned och vänta några minuter helt enkelt. Efter en liten stund kom en medelålders, lätt korpulent herre med runda glasögon och ett stort varmt leende fram emot oss. På knackig engelska presenterade han sig och vi gav oss iväg till första objektet som bara låg ett par minuters promenad från mäklarbyrån. Vi hade sett ett par bilder på det första objektet. Egentligen hade vi avfärdat det men mäklaren tyckte ändå det var värt att kika på det. Enligt hans uppfattning var det ett bra objekt med goda förutsättningar och ett mycket förmånligt pris. Med lite omvårdnad och allmän fixning skulle det kunna bli en god investering, hade mäklaren förklarat för oss. Jag måste säga, att det skulle krävas enormt mycket kärlek, omvårdnad och tuffa tag för att få ordning på den lägenheten. Hjälp! Vi var helt chockade. Lägenheten var äcklig, ful, mörk och totalt hopplös. Väggar skulle dessutom behöva rivas för att få in luft och volym. En långsmal balkong fanns, men rymde knappt ett cafébord och två stolar. Vi var molokna och nedslagna, men höll fasaden uppe och visade god min och granskade rum efter rum. Efter en kort stund tackade vi för visningen och förklarade att detta inte var vad vi sökte. Eftersom mäklaren knappt pratade någon engelska var det näst intill omöjligt att få till en ordentlig dialog. Frågorna hängde i luften, svaren likaså. Samtalet som bestod av en hopplös blandning av svårförståelig spansk-engelska var ingen bra start för någon av oss.

Den andra lägenheten var lite mindre hopplös, men långt ifrån bra. Det skulle behövas en stor dos fantasi och optimism för att uppleva någon som helst positivitet. Visst kunde vi känna igen bilderna från mäklarannonsen om vi verkligen ansträngde oss. Men det var knappt. Det gamla ordspråket "En bild ljuger aldrig" stämmer inte numera när både photoshop och vidvinkel finns tillgängliga för alla.

Den tredje lägenheten var det inga större fel på. Bilderna stämde mer överens med verkligheten. Men trots det saknade lägenheten både charm och funktion. Ett par timmar senare, både rejält trötta och uppgivna, var det dags att besöka dagens sista objekt. En lägenhet tre trappor upp i ett relativt fräscht hus, med ett stort och luftigt trapphus. När vi öppnade dörren och klev in i hallen kom hoppet tillbaka. Kanske att vi äntligen skulle få en bättre utdelning på sökandet. Lägenheten hade en behaglig och hemtrevlig aura. Färgerna var neutrala och lägenheten var i gott skick, två sovrum, ett kombinerat vardagsrum och kök med utgång till en större balkong. Dock inte en terrass tyvärr. Men det räckte med ett snabbt ögonkast för att konstatera att vi skulle gott och väl kunna få plats med en liten loungesoffa, bord och två stolar. Men inte mer. Inget utekök eller grillplats. Utsikten från balkongen var hygglig, inget sensationellt, men helt okej. Humöret steg något och vi kände att nu var vi tillbaka på banan igen. I fantasin började jag snabbt möblera och planera hur vi på bästa sätt skulle kunna disponera lägenheten. Vi tyckte att det var så pass intressant att vi gärna ville veta mer om föreningen och övriga kostnader. Som avslutning på första dagens lägenhetsjakt följde vi med tillbaka till mäklarens kontor för att titta mer utförligt på kostnader och skatter med mera. En halvtimme senare promenerade vi ut med en fullständig objektbeskrivning och förteckning på objektets uppskattade kostnader, allt från pris till skatter och notariekostnader. Vi var lite uppspelta av situationen och skojade med varandra, maken och jag "Nu hade vi nästan köpt en lägenhet". Självklart granskade vi objektet och ekonomin noga och vägde för och nackdelar mot varandra. Även om objektet fyllde de flesta av våra önskemål behövde vi ta reda på om det fanns något bättre, med en terrass och gärna ett sovrum till. Vi ville inte nöja oss med att det kändes okej. Nej, vi ville känna wow!

Trots att vi var rejält trötta efter den intensiva dagen hade vi svårt att varva ner, så vi mellanlandade enbart hemma i lägenheten för att fräscha upp oss lite innan vi gick ut på stan för en bit mat. Vi kom på att vi inte hade ätit sen frukost och klockan var nu sju på kvällen. Det var helt enkelt hög tid att fylla på med lite energi. Kvällen var relativt lugn och det var inte speciellt mycket folk ute. Vi hade fått tips på en bra restaurang som låg bredvid katedralen Sant Nicolau. Vi chansade, gick dit och hade tur. Ett perfekt bord för två, maten var fantastisk. Mätta och belåtna lämnade vi restaurangen ett par timmar senare. Det var en ovanligt skön decemberkväll även om kvällskylan började krypa närmare. Gårdagens hemska oväder hade äntligen lagt sig. Regnet höll sig borta och vinden hade mojnat av ordentligt. Klockan var halv tio. Vi kände fortfarande inte för att gå hem till lägenheten. Inte ännu. Det var mer folk ute på stan nu, både på gator och torg. Stämningen och atmosfären runt omkring var mysig och avspänd. Folk umgicks och hade det trevligt. Många trotsade temperaturen som började sjunka nedåt mot tio grader. De satt ute under infravärme och de stora gasolvärmarna. Den här kvällen kände vi för att prova något nytt ställe där vi kunde slinka in i värmen och ta bara ett glas vin. Just då på höger sida passerade vi en vinbar och restaurang som vi aldrig tidigare hade lagt märke till. "Boca de Vin" stod det på en skylt. Vi kikade in i den ganska fullsatta lokalen. Gäster satt på höga barpallar intill baren och även vid små höga barbord. Direkt till höger om entrédörren fanns en mysig soffa och ett soffbord. En halvtrappa ner var restaurangdelen. Ur högtalarna kunde vi höra soft musik. Om jag inte missminner mig var det sköna jazztoner som ackompanjerade den svartvita 40-tals filmen som visades på en upphängd tv högt upp på ena väggen. "Vi går in här" sa vi i mun på varandra. Fem minuter senare satt vi uppflugna på varsin barstol. Jag med ett glas lokalt vitt vin och maken med ett glas rött. Återigen kändes det som att vi hade hittat hem i denna mysiga och avspända miljö. Personalen småpratade familjärt med gästerna. Det vi inte visste om just då var att Boca de Vin skulle bli vårt kommande stamställe i Alicante. Till och med skulle vi bli bekanta med vår trevliga servitris. Men som sagt, det var inget vi visste där och då.

Diskret försökte jag dölja en gäspning. Jag ville inte att kvällen skulle ta slut, inte riktigt ännu. Men min uppmärksamma man såg tröttheten. Han hade precis druckit upp sista dropparna i glaset och sökte ögonkontakt med kyparen. "Tror att vi ska röra oss hemåt nu älskling." sa han och plockade fram plånboken. Vi båda började helt enkelt känna oss slutkörda och kvällen var sen. Dagen hade varit lång och intensiv. Vid det här laget gjorde den sig påmind i både kropp och själ. Nu behövde vi bege oss hem för att sova. Nästkommande dag var det dags för nya äventyr.

Dag 3

Regnet hängde i luften. Där stod vi, lite huttrandes, utanför porten till vår lägenhet på ramblan. Nervöst väntande på att den svenska mäklaren skulle dyka upp. Vädret visade sig inte från sin bästa sida. Regn och rusk hade utlovats hela dagen. Efter bara några minuter dök han upp, vår svenska mäklare. Vi hälsade artigt på varandra och utbytte några lättsamma meningar och isen var bruten. Mäklare har ju i regel en hög social kompetens och är oftast lättsamma. Vår mäklare var inget undantag. I rask promenad tog vi oss uppför ramblan och vidare mot stadsdelen Carolina Altas. På vägen fick vi guidning om Alicantes sevärdheter och allmänt intressanta och uppskattade anekdoter om staden. Promenaden fortsatte förbi Mercado och det stora torget som vid fint väder är en naturlig samlingsplats för en paus med ett glas vin, kaffe, eller något lätt att äta för att stilla den värsta hungern. Idag var det tomt med övergivna, lätt fuktiga stolar och bord. Det kändes inte alls inbjudande att slå sig ned där. Nej, denna dag var det mer lockande att smyga in på något cosy café eller tapasbar. Vi fortsatte och korsade den stora palmbeklädda gatan för att strax därefter vika av till höger och genade genom en liten park. Efter ytterligare dryga fem minuter var vi framme vid första objektet. Efter ytterligare dryga fem minuter var vi tillbaka nere på gatan. Ännu en gång nedslagna och besvikna över objektets totala brist på charm, fräschhet och förutsättningar. Inget för oss! Snabbt bestämde oss för att inte tappa humöret. Det var ju bara starten på dagens visningar.

Nästa lägenhet var hippielägenheten. Efter att ha kämpat oss fyra mödosamma våningar upp stod vi utanför dörren till lägenheten, spända av förväntan. Mäklaren öppnade dörren och så fort vi klev in kände vi - Wow! Det här var rätt. Auran var helt rätt, lite väl färggrant förstås, men ändå charmigt. Perfekt planlösning med ett stort vardagsrum med längsgående fönster på ena sidan. Stora skjutdörrar till den enorma och härliga terrassen. Delar av terrassen var under tak. Till och med ett utekök med indraget vatten och avlopp! Vi klev ut på terrassen. Regnet hade dragit bort. Molnen skingrade sig motvilligt och solen kikade försiktigt fram. Både jag och maken kunde se oss här, sittandes på terrassen efter en god middag som vi hade tillagat på uteköket. Härligt! Nästan allt var perfekt. Förutom priset. Faktiskt var det en sak till som vi besviket kunde konstatera. Utsikten, eller tyvärr rättare sagt, den totala bristen på utsikt. Det var i stort sett bara massiva husväggar vi såg när vi tittade ut över terrassens räcke. Inget långt siktdjup. Nästan så att man kunde se vad grannen som satt i köket tvärs över gatan hade för mat på sin tallrik. Nej, dessvärre höll lägenheten inte måttet. Det blev blandade känslor, en stor besvikelse över bristen på utsikt. Men en lättnad att kunna avfärda objektet eftersom priset egentligen var lite för högt.

Tredje lägenheten var ett färgsprakande objekt i röda och svarta kulörer. Den var alldeles för stor och helt ärligt rätt charmlös. Visst var den välskött med ett fräscht nyrenoverat kök och en relativt stor terrass. Passade dock mer som ett fast boende, inte en semesterlägenhet. Så den gick bort också.

Det fjärde objektet, var vi riktigt nyfikna på. Det var den fräscha lägenheten fem trappor upp som inkluderade moderna och stilfulla möbler. Vi visste i och för sig redan från början att fem trappor utan hiss skulle bli för jobbigt i framtiden. Men vi ville ändå kolla upp den. Pust, stön och stånk. Det var rejält kämpigt att hinna med den unga mäklarens raska steg i trapphuset. Till slut var vi uppe på femte våningen. Klev in i lägenheten och både jag och maken blev förstummade. Inte av lägenheten, som i och för sig var så fräsch som bilderna hade utlovat. Möblerna likaså. Nej, det var faktiskt kvinnan som ägde lägenheten. Hon stod i vardagsrummet och tog emot oss med ett varmt och vänt leende. Det var den mest sagolika och vackraste varelse jag någonsin sett, eller i alla fall på väldigt länge. Hon såg inte ut som att komma från denna värld. Ett rådjursliknande väsen som bara utstrålade mildhet. Djupbruna ögon och ett perfekt mörkbrunt, nästan svart hår, silkeslen hy och välbehållen kropp. En kvinna mitt i livet med en enkel men elegant klänning. Jag märkte att maken blev märkligt tagen. Han började skämta och pratade alldeles för mycket och tappade fokus helt och hållet. Efteråt kallade vi henne för "Den vackra". Men hennes lägenhet var inte helt rätt den heller. För högt upp och allt för liten terrass. Även om maken gärna hade besökt lägenheten en gång till...

Efter två dagars lägenhetsletande hade vi upptäckt och utforskat den för oss nya stadsdelen Carolina Altas. En skön blandning av arkitektur, bostadshus, affärer, barer och restauranger. Vi hade till och med börjat gilla de lite lätt sjaviga husen. Numera såg vi dem som "charmerande och autentiskt spanska". Stadsdelen bjöd på både liv och rörelse. Det kändes genuint att folk verkligen bodde här. Det var inte enbart turister som flanerade runt och belägrade stadsdelen. Stämningen fick oss att tänka på Södermalm i Stockholm, vilket vi gillade. Rejält trötta och fullmatade av intryck gick vi hem till vår lilla lägenhet på ramblan. Kvällen tillbringade vi hemma och en enkel middag tillagades i köket. Under middagen planerade vi morgondagens schema och upplägg. Den sista visningsdagen.

Dag 4

Den natten sov jag oroligt och drömde om mörka, trånga och sjaviga lägenheter, höga och oändliga trapphus, små trånga balkonger. Det var en lättnad när morgonen och ljuset tog över efter nattens mörker. En ny dag med nya intryck och utmaningar väntade. Snabbt ruskade jag av mig nattens olustighet. Efter en härlig och stärkande frukost var jag tillbaka på banan igen. Vi hade tre visningar inbokade. Dessvärre hade en av lägenheterna redan blivit såld, nu var det bara två lägenheter kvar att se denna dag. Vi hade bestämt träff med Señora Perez från en av stadens mäklarbyråer. Klockan tolv skulle vi träffas utanför en av lägenheterna. Adressen hade vi fått dagen innan. Vi hade redan tagit reda på exakt var lägenheten låg. Det kändes som den låg bra till, mitt i Carolina Altas.

Eftersom vi var lite tidiga, närmare en halvtimme innan utsatt tid, tog vi en kaffe på en av barerna runt hörnet. Det var en enkel bar med ett antal platser både inomhus och utomhus. Gästerna var mestadels spanjorer, så kändes det i alla fall. Maken och jag försökte smälta in, men språket avslöjade oss förstås när jag beställde två kaffe på knagglig spanska. Vi satt på caféet, drack vårt kaffe och väntade otåligt på att klockan skulle bli tolv. Tio minuter innan avtalad tid betalade vi vårt kaffe och gick snabbt de hundra metrarna till huset där lägenheten låg. Fastigheten såg helt okej ut, inte den flashigaste och tjusigaste förstås. Högst upp i huset låg lägenheten som vi skulle titta på. Den hade dessutom en terrass. Enligt bilderna visste vi att lägenheten inte var den fräschaste och med ett gräsligt möblemang. Förhoppningsvis skulle det nog räcka med allmän uppfräschning och målning. Läget var ju perfekt! Men vi hade ju lärt oss sedan tidigare att aldrig lita på bilderna. Vi visste inte vem vi skulle titta efter, så med stora ögon stod vi och spanade efter en tänkbar mäklare. Plötsligt kom en kvinna fram till oss. Hon tittade lite undrande för att sedan ställa frågan. "Are you waiting for me? To look at the apartment?" Hennes engelska var absolut inte perfekt, men helt förståelig. Vi presenterade oss för varandra, gick in genom porten och tog trapporna upp till översta våningen.

Ett par minuter senare stod vi spända av förväntan och väntade på att hon skulle låsa upp dörren. Direkt när vi klev in i lägenheten möttes vi av ett typiskt stormönstrat och flerfärgat spanskt klinkergolv, som vi kände igen från bilderna. Rätt anskrämligt tyckte vi. Hallen var långsmal och färgen på väggen var smutsvit. Fönstret ut mot terrassen gjorde att hallen trots allt kändes ljus. Där hallen övergick till vardagsrum fanns den inbyggda matverandan på höger sida och därefter skjutdörrar ut till den öppna terrassen. Ett stort klumpigt mörkbrunt matbord med fula stolar tog nästan upp hela matrummet. Ett hemmasnickrat vitt barbord och två udda barpallar kompletterade det hopplösa möblemanget. Ute på terrassen var det smutsigt och skräpigt.

Att styla visningsobjekt inför försäljning som vi många gånger gör i Sverige är inte på långt håll lika utbrett i Spanien. Det långsmala vardagsrummet hade sällskap av en låg ful soffa med en blågrönrandig matta som överdrag. Ett brunt litet bord med en tv hängandes på väggen ovanför utgjorde vardagsrummets möbler. Väggarna var faktiskt helt okej, såg ut att vara vitmålade nyligen. När vi blickade upp i taket såg vi spår efter en tidigare vattenskada som direkt gjorde oss väldigt oroliga. Till vänster i vardagsrummet var dörren till det stora sovrummet. Två enkelsängar med märkligt mörkbruna sänggavlar. På sängarna låg gräsligt fula kommunalgrå lakan. Två udda träfärgade och kantstötta nattduksbord gjorde sängarna sällskap. En vit gardin hängde på sniskan i fönstret, som för övrigt var märkligt placerat i rummets vänstra hörn. Längst ena väggen fanns en inbyggd stor garderob målad i mörkbrunt. Golvet var det samma i hela lägenheten. Ena väggen var målad i turkost och sovrummets övriga väggar var solkigt smutsgula. Vi passerade det långsmala vardagsrummet för att komma in i en smal limegrön gallerigång. Till vänster låg det lilla sovrummet, litet som en hopplös tågkupé, med fönster ut mot tvättstugan. Gråmålade väggar. En inbyggd säng i brunt faner. Garderoben som stod upptryckt i ena hörnan hade en gång i tiden varit vit. Nu var den fullkletad med sönderrivna klistermärken. Bredvid stod ett slitet svart nattduksbord. Från det vita taket hängde en ful orange lampa. Rummet utstrålade en hopplös övergivenhet. Badrummet låg rakt fram. Kisade man tillräckligt såg det rätt okej ut vid första anblicken. Men tyvärr tålde badrummet inte någon närmare granskning. Det blåa och gula kaklet var målat med en färg som började skavas bort. När vi klev in i köket fick vi nästa chock, även om vi var förberedda från bilderna. Köket i sig kanske inte var helt hopplöst. De, en gång i tiden, riktigt fina mahognyfärgade köksluckorna såg okej ut på håll. Men, jag säger bara, kakelväggarna! Till detta typiska spanska mönstrade golv, som var mycket i sig själv, hade någon bestämt sig för att dekorera hela kökets väggar med obeskrivligt vitt och orangebrunmönstrat kakel. Vi blev både yra och illamåendes av den osannolikt smaklösa kombinationen mellan golv och väggar. Det kändes som att vi besökte en dålig variant av Lustiga Huset på Gröna Lund. Rakt fram fanns "tvättstugan" som egentligen var en långsmal inbyggd balkong med fönster mot fastighetens patio. Typiskt spansk tvättstuga. Mycket bråte och väldigt smutsigt. Där var också lägenhetens varmvattenberedare placerad. En till synes helt okej tvättmaskin var inträngd längst in i hörnet. Innanför köket låg lägenhetens tredje sovrum. De två udda enkelsängar var beklädda med samma kommunalgrå lakan. Ett nattduksbord stod emellan. Vitmålade väggar. En ensam brun stol med smutsgrön klädd sits gjorde rummets möblering komplett. Utsikten från fönstret var mot pation.

Det här var allt vad lägenheten hade att erbjuda. Chocken över misären, hopplösheten, smutsen och övergivenheten tog först andan ur oss. Vi tog en vända till i den lilla lägenheten, försökte se den med nya ögon. Bortom smutsen och allt det gräsliga. Jag stannade upp i vardagsrummet, lät blicken vila ut mot terrassen. Matverandans ena långsida var täckt med fönster ut mot gatan och husen mitt emot. Plötsligt hände det. Maken hade redan gått ut på terrassen och ropade på mig. "Kom får du se! Titta! Ser du? Slottet!". Jag klev över en hög med bråten och ut på terrassen, mycket riktigt! Slottet låg där, uppe på berget, en bra bit ifrån oss. Trots avståndet kunde vi se konturen av det klart och tydligt. Utsikten i övrigt var faktiskt lite speciell. Speciell på ett bra sätt. Eftersom vi var högst upp och husen mitt emot oss inte var så höga kunde vi både se ut över de platta takåsarna och ut mot palmallén, på den större tvärgatan åt vänster. Snett tvärs över gatan kunde vi kika ned på den lokala grillrestaurangen. En annan viktig detalj för oss var, bageriet, var ligger det? Och i det här fallet var det ingen svårighet att svara på den frågan, eftersom det faktiskt var beläget precis runt hörnet. Perfekt! Blickade vi lite åt vänster och längre bort i horisonten kunde vi ana konturen av det lilla berget Serra Grossa. Både maken och jag som hade eftersökt siktdjup samt utsikt insåg att bättre läge skulle vi inte kunna hitta. Inte med den här budgeten i alla fall. Priset låg glädjande nog gott och väl inom vår budget. Jag kände hur energin och kreativiteten satte igång och började jobba. Efter att den värsta chocken hade lagt sig synade vi lägenheten igen, nu med andra ögon. Nu lade vi fokus på möjligheterna, potentialen och charmen. Insikten slog oss att det här var kanske det vi hade letat efter hela tiden, utan att veta om det. I samma stund kände jag en samhörighet med denna stackars lägenhet som var försatt på undantag. Ingen som hade brytt sig om den och låtit den förfalla på detta sätt. Trots våra tappra försök till positivitet var det dock en sak som på riktigt bekymrade oss, taket. Hur, när och varför hade denna vattenskada i taket uppkommit? Vi fick berättat för oss att föreningen var fullt medveten om takets skick och offerter var begärda för att åtgärda yttertaket samt innertaket. En tillfällig reparation skulle omgående genomföras i väntan på den stora takomläggningen.

Plötsligt fick vi mycket att tänka på. Men vi behövde landa och få distans. Dessutom var det ytterligare en lägenhet att titta på innan dagen var slut. Den andra lägenheten låg på andra sidan stan, bortom centralstationen. Vi hade bestämt tid med mäklaren ett par timmar senare och innan dess skulle vi försöka få i oss en bit mat. Det var längre att gå än vi trodde så vi blev några minuter försenade och kom till slut fram till lägenhetens adress, med andan i halsen. Vår mäklare stod och väntade på oss. Ägaren till lägenheten var också på plats. Med snabba steg tog vi trapporna upp till andra våningen, klev in i lägenheten. Min första reaktion var "Fy fasiken vad det luktar illa". Jag gjorde en liten grimas i smyg åt maken och han förstod precis vad jag menade. Lägenheten var helt hopplös, en pelare mitt i rummet delade av det redan lilla vardagsrummet. Två mörka sovrum, ett trångt och mörkt kök. Ett sjavigt badrum och en långsmal ranglig balkong. Ingen utsikt att prata om heller. Tack, men nej tack! Även om priset var angenämt var lägenheten bedrövlig och även läget. Allt för långt från citykärnan och stadens puls. Det här kändes som förorten. Vi hade fortfarande dagens sorgsna lägenhet på näthinnan.

Vi tackade för oss och tillsammans med mäklaren gick vi ut på gatan igen. Innan vi sa adjö till varandra, småpratade vi lite och plötsligt sa maken, "Is it possible to look at the apartment in Carolinas Altas one more time?" Mäklaren ringde ett snabbt samtal. Två minuter senare hade vi bestämt att återigen se lägenheten. Och det skulle vi kunna göra redan inom en timme. Absolut! Varför inte? Så det var bara att vända tillbaka och fortsätta i snabb takt mot Carolinas Altas igen. Rejält trötta i fötterna var vi till slut framme vid lägenheten nästan en timme senare. Vi hade verkligen gått fram och tillbaka genom staden som mer och mer började bli bekant för oss. Utanför porten stod Señora Perez med kompanjon Señor Petrus och mötte upp oss. "Hola Amigos" sa han och gav oss de klassiska kindpussarna. Señor Petrus var en talförd och energisk man som pratade engelska med en spansk brytning, fort och mycket, men absolut förståeligt. Klockan började nu närma sig runt 18-tiden på kvällen och decemberdagen lämnade över till skymning. Himlen började färgas röd. Vi visste att snart skulle det bli mörkt. Återigen en guidad tur i lägenheten med möjlighet att filma och ta in lägenhetens alla detaljer i lugn och ro. Den här gången slapp vi chocken när vi klev in i lägenheten och såg mer lösningar och möjligheter än det fula och slitna. Läget var mer än fantastiskt, konstaterade vi när vi stod ute på terrassen och tittade ut över hustaken. Skymningens ljus var magiskt och vi kunde ana slottets ljussättning. Tänk så fantastiskt vackert det måste vara på kvällen när mörkret har lagt sig.

Vi fick berättat för oss att det var andra spekulanter på lägenheten. En norsk familj skulle tydligen titta på den för andra gången. Ytterligare en annan mäklare hade även intressenter som bokat en visning till dagen därpå. Allt detta tillsammans gjorde oss en aning stressade. Ännu mer stressade blev vi när mäklaren antydde att om vi verkligen ville vara på säkra sidan så skulle vi nog skriva ett första köpeavtal så fort som möjligt om vi var intresserade av att gå vidare med affären. Nu gick det minsann allt lite för fort tyckte vi. Vi var inte alls säkra på någonting. Fuktskadan i taket oroade oss. Vi förklarade vår inställning och Señor Petrus nickade och förstod. Vet inte om han förstod, men han höll i alla fall god min. Vi fick erbjudandet att komma tillbaka dagen efter klockan tolv och se lägenheten ännu en gång. Ja, varför inte, tänkte vi. Vi hade ju inga fler lägenhetsvisningar inbokade och det här var trots allt det bästa objektet så här långt. Sagt och gjort. Vi tackade för oss, kindpussades ännu en gång och tog farväl av varandra.

Väl ute på gatan stod vi kvar några minuter. Maken och jag blickade upp mot takvåningen och terrassen. Plötsligt fick jag en varm känsla i kroppen och kände ett starkt och intensivt band till lägenheten. Jag suckade djupt och sa "Om det är möjligt, vill jag köpa lägenheten."

Reaktionen var påtaglig och maken vände sig mot mig. Han hörde på min röst att jag var känslomässigt berörd och till min enorma glädje bekräftade han mina känslor. "Jag håller med" sa han. "Det skulle kunna bli riktigt bra, bara man får koll på fukten i taket."

Den kvällen var vi uppspelta som barn på julafton och samtidigt väldigt, väldigt fundersamma. Det var så mycket att ta in och ta ställning till. Vi pendlade mellan full fart framåt tills någon av oss plötsligt sa stopp och drog hårt i handbromsen. Vi visste helt enkelt inte var det hela skulle landa. Men ett ordentligt löfte hade vi gett varandra. Det var att inte på något sätt förhasta oss och skriva på några papper. Även om mäklaren skulle försöka forcera fram ett beslut hos oss.

Den natten blev det inte heller någon ordentlig sömn. Ett trassel av tankar med en hjärna som gick på högvarv. Till slut runt tretiden på morgonen gav hjärnan upp och lät mig få några välbehövda timmars sömn.

Klockan tolv dagen efter stod vi återigen och blickade upp mot takvåningen och dess terrass. Samma starka känsla av samhörighet infann sig. Två minuter senare kom Señora Perez och Señor Petrus gåendes. De såg oss på håll och vinkade glatt. En ny tur runt i lägenheten. Denna gång granskades den kritiskt och noggrant. Samtalen fortsatte. Vi frågade och mäklaren svarade utförligt på våra frågor och funderingar. Alla dokument som rörde lägenheten och föreningen presenterades. Vi fick berättat för oss att det var stor risk att lägenheten skulle reserveras av den norska familjen som hade tittat på den en gång tidigare. I samband med reservationen behövde man även betala en viss depositionsavgift, upplystes vi om. Vi hade varken möjlighet eller lust att på stående fot skriva avtal och betala handpenning. Hur gärna vi än ville ha lägenheten måste förnuftet styra. Vi stod på oss. För att göra en lång historia kort meddelades mäklaren att vi ville åka hem och fundera på saken. Dessutom krävde vi en garanti och bekräftelse på att fuktskadan i taket skulle åtgärdas. Fullt medvetna om risken att missa lägenheten till den norska spekulanten. Men så fick det bli. Var det meningen att lägenheten skulle bli vår så var det. Om inte, fick vi helt enkelt samla ny energi och fortsätta sökandet.

3 2 . S K A V I ? A F F Ä R E N

Väl hemma i Sverige var det svårt att släppa tankarna på lägenheten. Fördelar mot nackdelar vägdes mot varandra. Ännu inget besked om lägenheten var såld till den norska familjen. Först av allt behövde vi gå igenom affären med vår ekonomiska rådgivare. Därför hade vi kommit överens med mäklaren att återkoppla inom tre dagar. För oss var det ändå en relativt stor affär. Med all sannolikhet var det en god investering och inget överpris. Makens och mina diskussioner gick fram och tillbaka. Som bollens ständiga rörelse under en pingismatch mellan två motspelare. Efter tredje dagen var matchen över. Det var dags att återkomma med ett beslut. "Vi lägger ett bud. Om de går med på budet så köper vi den!" Sagt och gjort. Vi la ett bud en bit under försäljningspriset, men ändå på en rimlig nivå ansåg vi. Mäklaren gladdes åt vårt svar och lovade att ta det direkt med säljarens ombud. Vid det här laget hade vi fått information om att säljaren kom från det stora landet i öster. Hans ombud var en man från ett litet mindre land bredvid det stora landet i öster. Båda talade ryska. Vi visste också att säljaren inte hade haft lägenheten i sin ägo någon längre tid, bara ett par år. Den ursprungliga planen var tydligen att hyra ut den och tjäna pengar. Eftersom möjligheterna för korttidsuthyrning avsevärt har förändrats i Spanien gick hans planer i stöpet. Den norska spekulanten hade haft liknande planer.

Så där stod vi - pirriga, nervösa, spända och förväntansfulla. En skräckblandad förtjusning helt enkelt. Otåligt väntade vi på säljarens respons. Omgående kom svaret "Njet" Ingen prutning. Begärt pris gäller. Till slut, med lite förhandling och envishet lyckades vi ändå få ned priset med en liten symbolisk summa. Vi som trodde att det var mer regel än undantag med en viss prutmån. Hur som helst. Vi möttes i en nivå som faktiskt kändes helt okej för oss. Mäklaren lovade att ställa frågan om en del av möblemanget som tv:n, matbordet och sängstommarna kunde lämnas kvar. För oss skulle det vara en stor hjälp att slippa köpa allt nytt på en gång. Bordet skulle lätt kunna förvandlas med lite vit målarfärg. Nya madrasser kunde inköpas på Jysk.

Ett första köpeavtal upprättades mellan parterna. Handpenning skulle betalas inom angiven tid efter avtalets undertecknande.

Noggrant gick vi igenom alla handlingar. I hela köpprocessen är det viktigt att ha en egen jurist som representerar och ombesörjer köparens intressen. Det hade vi också ordnat. Vi hade även en bra kontakt med vår mäklare som hela tiden fanns tillgänglig och behjälplig. På så sätt kände vi oss trygga i affären. Jag hade dessutom lusläst allt jag kunde komma över angående spanska köpprocessen, som är mycket olik den svenska i mångt och mycket. Handpenningen betalades och processen var igång. Nu kunde vi inte backa. Vi fortsatte att pendla mellan skräck och förväntansfull positivitet. Noga med att allt skulle bli rätt. Nästa steg var att skaffa NIE nummer, det spanska identitetsnumret. Julen stod inför dörren. Vi förstod att nu gällde det att snabba på. Det enklaste sättet för oss var att bege oss till spanska ambassaden på Djurgården. En smidighet över förväntan, ambassaden meddelade att förhoppningsvis skulle vi hinna få våra NIE nummer inom angiven tid. Datum för slutaffären då vi skulle träffa notarien och säljarna bestämdes till tredje veckan i januari. Flygbiljetter bokades med ankomst ett par dagar innan mötet med notarien, om något oväntat skulle behövas ordnas inför affären. Planen var att stanna i Alicante i åtta dagar. Då skulle vi hinna skriva avtal, få nycklarna till lägenheten och börja grovstäda. Så såg vårt upplägg ut.

Julen kom, grön utan snö. Den julen blev det sparsamt med julklappar. En stor och dyr julklapp var ju redan införskaffad, lägenheten. Inga protester från familjen heller. Vi drömde och gladdes åt vår nya familjemedlem, lägenheten. Sparsamma med att visa bilderna för övriga vänner och storfamiljen. Överenskommelsen maken och jag hade oss emellan var att när det mesta var renoverat och fixat, då skulle vi äntligen stolt kunna visa upp lägenheten och alla fina bilder. Just nu förstod nog ingen vad vi hade köpt. "Har ni köpt ett ruckel? En kvart? Så sjavig den ser ut." Nej, sådana kommentarer ville vi absolut inte ha.

Nästa steg var att ordna bankkonto. Vi kunde inte göra det innan våra identitetsnummer var klara. Lite stressande. Ett par dagar efter nyår kom det efterlängtade mejlet från ambassaden med våra NIE nummer. Yes! Nu hade vi kontroll på det. Snabbt som ögat skickade vi dem till vårt ombud som skulle öppna bankkontot åt oss. Lättade över att få hjälp även med denna del. Vårt önskemål var ett modernt bankkonto, enkelt att hantera och gärna med en bankapp på engelska. Vi visste att det fanns en mängd olika banker och lika många åsikter om vilka som var bäst, värst, dyrast, smidigast. En djungel även här helt enkelt. ING banken var ett hett tips från vissa. En internetbank, modern och anpassad till dagens digitala värld. Själva hade vi inga åsikter om vad som var bäst. Vårt ombud ordnade ett bankkonto åt oss på ING, vilket ansågs smidigast för vårt behov. Jag var allt lite stressad för tiden rusade på. Det var nu bara drygt en vecka kvar tills vi skulle åka. Köpesumman måste sättas in på kontot i god tid. Sedan på plats i Alicante skulle vi personligen gå till banken, ta ut en check på beloppet och ta med till Notarien. För så går det tydligen vanligtvis till i Spanien hade vi fått förklarat för oss.

Det var inte så enkelt som vi trodde. En del administrativa stoppbollar ställde till det. Till slut var det klart med bankkontot. Vi fick tydliga instruktioner hur appen skulle laddas ner för att sedan kunna öppna upp kontot. Lättnaden var enorm att vi nu även hade koll på den biten. Jag provade att föra över ett litet symboliskt belopp från mitt svenska konto till det spanska. Dagen efter kikade jag på det spanska kontot och se där, tio euro hade kommit in på vårt spanska konto. Jag kunde andas ut. Att föra över hela köpesumman på ett spanskt konto kändes läskigt. Tänk om de skulle försvinna på något märkligt sätt? Tänk om det inte skulle fungera? Märkliga och oroande tankar, men orimligt överdrivna. Jag menar, vi är ju inte de första som öppnar ett konto i ett annat land. Herregud, hur nojig får man va? Jag sa till mig själv "Tagga ner, du har ju kollat att det fungerar. Pengarna har ju kommit fram och det tar max två dagar för dem från mitt svenska konto till det spanska. Det ser du ju själv på kontot." Allt var under kontroll, så här långt. Det första vi skulle behöva göra när vi kom ned till Alicante var att gå in på banken och verifiera hos personligen på plats. Denna procedur krävdes enligt uppgift. Eftersom vi skulle komma ned ett par dagar innan kändes det inte heller som några problem.

Jag hade varit rätt orolig för processen med bankkontot. Fördröjningen skapade en stress att hinna föra över hela köpesumman i god tid inför affären. Förutsättningen var ju att det totala beloppet måste helt enkelt finnas på spanska kontot när vi kom ned. En check på köpebeloppet skulle sedan skrivas ut och tas med till notarien. Ett tag funderade vi på om jag skulle boka om min nedresa och åka ett par dagar tidigare än maken för att vara på den säkra sidan. Vårt ombud hade hela tiden lugnat ned oss. Vi skulle absolut inte oroa oss. Det löste sig precis i sista sekund. Lättnaden var stor att vi hade koll på läget. Hela processen hade gått i raketfart när vi väl bestämde oss för att gå vidare i affären. Som förstagångsköpare hade vi nerverna på ytan hela tiden. Men vårt ombud ledsagade oss framåt i processen och var ett stort stöd för oss, vilket kändes tryggt förstås.

Parallellt under dessa veckor hade vi haft fullt upp med att planera vad som skulle packas ned. Vi ville få med så mycket som möjligt i första omgången. Allt från en uppsättning sängkläder, köksgrejer och andra "bra att ha saker" att starta upp med. Jag hade köpt en liten låda med verktyg som inte vägde allt för mycket. Perfekt med skruvmejslar, hammare och diverse verktyg direkt på plats. Det skulle ju finnas annat att tänka på än att springa ut och köpa verktyg direkt när vi kom ned. På nätet hade jag tryckt upp några canvastavlor från bilder jag tagit som skulle hänga i köket. Jag hade även beställt en poster med motiv av Salvador Dali. Jag ville ha något spanskt på väggarna. Ram kunde vi ju köpa på plats.

Mängder av timmar tillbringades på nätet för att hitta inspiration och detaljer. Färgsättningen var också viktig. Vi ville få in ljus och fräschhet i lägenheten samt lugna ner den färgmässigt. Det skulle bli en bra balans till golvets påtagliga mönster. Tanken var att lägenheten skulle kännas luftig och modern utan att vara för anonym och stel. Slutligen hade vi, eller kanske rättare sagt jag, maken fick ge vika, kommit fram till att färgsättningen skulle vara vitt som bas, med inslag av dimrosa, grågrönt och detaljer i guld. Vita och dimrosa plädar inköptes. Små skålar, doftljus, ljusslingor, långa ståtliga vippor av konstgräs, kuddfodral med mera införskaffades och packades varsamt ner i resväskorna. Jag ville snabbt "pimpa" lägenheten efter grovstädningen. Så fort som möjligt få bort det fula. Med enkla medel ville jag klä lägenheten för en första make over. Det var en bra grund att stå på för att sedan bygga vidare. Vi ville att lägenheten skulle kännas som "vår" när vi efter en vecka vistelse lämnade den för att åka tillbaka till Sverige. Senare skulle vi ha massor av tid till att botanisera bland den spanska heminredningsmarknadens utbud för att fortsätta skapandet av vårt nya spanska hem. Så gick mina tankar.

Jag gjorde en noggrann research var man kunde köpa målarfärg och byggmaterial. Spaniens svar på Bauhaus , Merlin Leroy hade det mesta som man kunde tänkas behöva. Listan över saker som behövdes blev längre och längre. För att underlätta skrev jag den på både svenska och spanska. Plötsligt hade mitt spanska ordförråd utvecklats till ett specialordförråd i facktermer. Eftersom vi inte skulle ha någon bil tillgänglig på plats, funderade vi intensivt på hur vi skulle få hem våra inköpta möbler. Av praktiska skäl planerade vi att införskaffa den större delen av basmöblerna från Ikea, eftersom de erbjöd hemtransport. Dessutom var det enkelt att kunna åka till Ikea här hemma, skriva upp samtliga artikelnummer och dubbelkolla att produkterna fanns på spanska Ikea. I det här läget visste vi ju heller inte hur mycket möbler som skulle lämnas kvar och hur mycket vi egentligen kunde eller ville använda av det som eventuellt var kvarlämnat i lägenheten.

Nu skulle vi bara göra den ekonomiska transaktionen från vårt svenska konto till vårt nyöppnade spanska konto. Det var oerhört nervöst när vi på kvällen satte oss ned vid datorn för att föra över pengarna. Handflatorna badade i svett och hjärtat slog så hårt att jag kunde både höra och känna mina egna hjärtslag. Min tinnitus tjöt i öronen och visslade på högsta volym. Vi samlade ihop oss och gjorde transaktionen. Nix - godkändes ej. Vad nu då? Vad händer? Varför och vad är det för fel? Provade igen. Samma sak. Jag började lusläsa och plötsligt såg jag att det var ett begränsat belopp som kunde föras per dygn, det vill säga 24 timmar. Hur kunde vi ha missat det? Det var bara bita i det sura äpplet, dela upp transaktionerna, fördelat på två dygn. Till slut fick vi igenom transaktionerna från våra olika konton. Puh! Men nu var det klart. Jag dubbelkollade, nej trippelkollade och pengarna fanns nu på det spanska kontot. Äntligen kunde vi andas ut!

Fullmatade med inköpslistor, resväskorna packade till bristningsgränsen, gott humör och mycket nervositet var vi redo att åka ner till Alicante för att slutföra bostadsaffären. Eftersom vi inte visste i vilket skick lägenheten skulle vara och hur många dagar vi skulle behöva för städning hade vi bokat in oss på ett trevligt Bed & Breakfast med mycket goda omdömen, mitt i centrala Alicante, Gamla stan.

Så stod vi där, på Alicante flygplats. Äntligen! Om två timmar skulle vi träffa vårt ombud på banken för att verifiera oss personligen. Det var precis att vi hann checka in och installera oss i den stora luftiga sviten. Uppspelta och glada konstaterade vi att rummet mer än väl stämde överens med våra förväntningar. Dessutom fanns det ett vackert burspråk med bord och två sköna skinnfåtöljer med utsikt ut mot Gamla stan. Det här blir bra, tänkte vi. Förhoppningsvis skulle det räcka med de två nätterna vi hade bokat in oss på. För säkerhets skull hade vi stämt av med receptionisten att det fanns möjlighet att boka på fler nätter om det skulle behövas.

Jag kastade en sista blick i spegeln, log åt mig själv och ordnade till håret. Fjärilarna fladdrade i magen. Maken stod tålmodigt och väntade på mig. Han visste att jag var nervös och att jag behövde samla ihop mig ett par minuter innan vi skulle gå. Han såg så lugn och bestämd ut. Jag drog en suck av lättnad och kände hans trygga blick. "Kom nu älskling. Vi behöver gå nu, så att vi inte kommer för sent. Jag vet att du inte vill stressa." sa han samtidigt som han satte på sig jackan. Jag var redo. Vi stängde dörren till rummet och skyndade ut på gatan.

33. CHOCKEN

Pirriga, glada och förväntansfulla promenerade vi hand i hand bort mot Plaza Luceros, där banken låg. När vi kom fram kunde vi konstatera att vi var nästan tjugo minuter för tidiga. Det fick bli en snabb kaffe tvärs över gatan i väntan. Precis när sista kaffeslurken var urdrucken såg vi vårt ombud komma promenerandes på andra sidan gatan i rask takt. Minutrarna senare hälsade vi på varandra med de klassiska spanska kindpussarna. Vi kände oss oerhört kontinentala. Lika bra att lära sig och ta del av det spanska sociala beteendet så snabbt som möjligt. Tillsammans klev vi in genom bakdörren, tog en nummerlapp och väntade spänt på vår tur. Väntan blev inte lång, bara ett par minuter.

Drygt tio minuter senare stapplade vi ut från banken i chock med darrande ben och bultande hjärtan. Allt var som i en dimma. Vi försökte förstå och smälta orden som banktjänstemannen nyss hade sagt...

Vad var det som hände? Jo så här var det;
När vårt nummer visades på den digitala displayen klev vi fram till banktjänstemannen. Maken, jag och vårt ombud slog oss ned. Vårt ombud presenterade ärendet på spanska. Det var svårt att hänga med och förstå vad hon sa. Men vi blev ombedda att visa upp våra pass och NIE nummer. Allt verkade i sin ordning. Banktjänstemannen knappade på sin dator och fick fram kontot. Mycket riktigt. Inga problem. Han kunde också se att pengarna hade kommit fram till banken. I nästa sekund sa han något som fick vårt ombud att stelna till. Det märktes genast på hennes reaktion att något var ordentligt fel. Hon kom med en lång harang på spanska till svar. Fortfarande förstod vi inte vad som sades. Under en till två minuter, som kändes som en hel evighet,

förstärktes ord och kroppsspråkets uttryck mer och mer. Vårt ombud tystnade och suckade djupt. I nästa sekund växlade hon språk till engelska och vände sig till oss. "He wants to see your green card, which proves you are resident." Green card? Resident? Vi satt som två stora frågetecken. Ingen hade pratat om att detta behövdes. Enbart NIE nummer hade vi fått information om. Vårt ombud fortsatte diskussionen med banktjänstemannen. Hon var nu mycket upprörd. Tonläget hade stigit några oktaver. Hennes ansikte blossade. Genast förstod vi att det här var ny information även för henne. Vi kände oss totalt hjälplösa. Om det var nya regler, eller om hennes kontaktperson på banken gett henne felaktiga uppgifter, eller om banktjänstemannen hade fel information visste vi inte.

Chockade kunde vi konstatera att vi var helt i händerna på den nya situationen. Hur skulle vi gå tillväga nu? Vårt ombud kom omgående med lösningen att vi bokar in ett möte tidigt nästa morgon på banken Sabadell. Där hade hon sin personliga bankkontakt. Sabadell var absolut ett alternativ. En storbank, med stabilitet och ordning. Det hade jag redan tidigare kollat upp. Dyrare än en del andra kanske, men i det här läget kändes det som en bra och trygg lösning. Okej, här måste vi ta snabba beslut och rätt beslut. Pengarna måste omgående föras tillbaka till svenska kontot. Överföringen till Spanien hade ju gått på en dag. Troligtvis borde det ta max två dagar för pengarna att återföras tillbaka till Sverige. För att sedan kunna föras över till nya kontot på Sabadell. Vi hade möjligheten att skjuta fram slutaffären i två dagar. Hade vi tur skulle vi hinna lösa allt inom den tiden. Banktjänstemannen fortsatte knappa på datorn och slutligen bekräftade han att pengarna var nu returnerade till mitt svenska konto. Han var korrekt och absolut inte otrevlig på något sätt, men mycket opersonlig och affärsmässig. Vi förstod att här fanns det ingen mer hjälp att få. Sammanbitna och chockade samlade vi ihop alla våra papper och lämnade banktjänstemannen och banken. Vårt ombud började genast ringa ett antal samtal. Först till sin kontakt på ING banken som egentligen inte gav något svar om vem som var den felande länken och ansvarig för felaktig information. Nästa samtal gick till hennes bankkontakt på Sabadell. Möte bokades in till klockan nio dagen efter. Själv ringde jag till min svenska bank för att ge dem en kort information om läget samt höra mig för om hur lång tid vi kunde räkna med att överföringen skulle ta. Förhoppningsvis ungefär två, absolut max tre dagar fick vi till svar.

Vi var rejält skakade, skärrade och totalt förvirrade. Det var som att springa i full fart rakt in i en vägg utan att sakta ned på farten. Allt var ju under kontroll?! Vi hade dubbelkollat, trippelkollat, gjort allt som skulle göras, noggrant och genomtänkt. Vi hade anlitat professionell hjälp av en jurist för affären och ansvaret låg ju på henne. Hur kunde det bli så här? Den frågan ställde vi oss själva gång på gång. Vårt juridiska ombud var lika upprörd och chockad. Men hon kunde fortfarande tänka klart och rationellt, tack och lov. Vi gick tillbaka till hotellet, nedslagna och urlakade som en urvriden tvättsvamp. Energin och humöret låg långt ned under nollstrecket. Alla känslor var frusna till is. Vi hade ingen aning om vad vi skulle göra resten av dagen. Jag minns faktiskt inte hur vi fick den dagen att gå.

Morgonen efter var vi tillbaka på banken, denna gång Sabadell. Vi träffade en mycket trevlig och charmerande något äldre banktjänsteman. Han utstrålade lugn, stabilitet och kompetens. Precis vad vi behövde i det här läget. Trots att han inte pratade perfekt engelska lyckades vi ändå konversera och förstå varandra. Vårt juridiska ombud var självklart med och förde vår talan. Efter noggrann genomgång och ett antal underskrifter senare hade vi vårt bankkonto. Maken och jag kände oss slitna och totalt slut. Även natten hade varit en mardröm. Vi måste ha sett ut som något katten släpat in. Ändå var vi lättade att öppnandet av kontot hade gått smidigt och utan några som helst problem.

Nu var det bara pengarna som saknades. Jag hade återigen pratat med vår svenska bank. De kunde inte ge klara besked om när pengarna skulle vara tillbaka på kontot. Det var bara att avvakta. Men vi hade i alla fall två, eventuellt tre dagars marginal. Idag var det tisdag. I morgon, onsdag, var egentligen dagen D då vi skulle göra slutaffären. Men vi hade lyckats flytta fram mötet med notarien och säljaren till fredagen. Eventuellt som sista utväg skulle vi kanske kunna flytta fram affären till måndagen. Det skulle dock innebära en hel del administrativa problem eftersom fredagen egentligen var sista dagen enligt gällande köpeavtal. Allt berodde på när pengarna skulle kunna vara inne på vårt spanska konto.

34. STRESS, ORO OCH RASTLÖSHET

Gång på gång gick jag in och kollade på mitt konto. Inga pengar, stressen höll på att slita sönder oss totalt. Vi var tvungna att boka ytterligare minst två nätter till på vårt Bed & Breakfast där vi bodde. Eftersom vi inte skulle komma in i lägenheten på minst tre dagar var det nödvändigt. Oturligt nog var vår svit redan uppbokad. Nästa dag skulle vi behöva packa ihop allt vårt bagage och byta rum, till en, tack och lov, mycket fräsch svit tvärs över gatan.

Nu kände vi att det var livsviktigt att göra något annat. Något positivt och konkret, annars skulle vi bli galna. Därför tog vi beslutet att först bege oss ända bort mot MediaMarkt, Leroy Merlin, Jysk och några andra inredningsbutiker. På hemvägen skulle vi kunna smita in på köpcentret Gran Via. Jag packade ned inköpslistan. Vi kunde i alla fall undersöka utbudet och kika lite på möbler. Promenaden tog nära inpå en timma, vi strosade framåt i lugn takt. Väl framme gick vi runt i en slags dimma. Känslorna var totalt bortkopplade. Det enda vi försökte göra var att inte bryta samman. Möbelbutiken Maisons du Monde hade ett stort utbud på personliga, snygga och coola möbler. Här skulle vi säkert kunna hitta möblemang till hela lägenheten om vi ville. Jysk och även inredningsbutiken Casa hade ett blandat utbud. Leroy Merlin hade allt man behövde för renovering och annat fix. Men återigen, det var svårt att kunna glädjas eller känna någon slags positiv förväntan. Ännu en gång kollade jag mitt bankkonto - inga pengar. Nu hade det gått lite över ett dygn och pengarna borde ju komma in på kontot precis när som helst tyckte vi. Det borde ju gå lika snabbt åt andra hållet. Oron malde som en klump i magen. Plötsligt kom vi på att vi inte hade ätit sen tidig frukost. Nu var klockan närmare tre och hungern gjorde sig påmind. Vi såg oss omkring. Det enda vi kunde upptäcka som erbjöd mat var Burger King. Vårt miserabla tillstånd gick hand i hand med bristen på det kulinariska utbudet. En hamburgare på stående fot fick det helt enkelt bli. Tjugo minuter senare och lite lätt uppstoppade av maten gick vi vidare. Varken maken eller jag är vänner av den här typen av snabbmat. Men det fyllde sin funktion för stunden. Promenaden fortsatte och nu vände vi tillbaka mot Gran Via. Vi visste att Ikea hade ett beställningskontor där. Där kunde man beställa möbler och få dem hemtransporterade. Praktiskt och bra. Eftersom vi i stunden inte visste om vi skulle ha något "hem" att köpa möbler till så tittade vi bara in genom den lilla lokalens skyltfönster. "Bra att veta var den ligger" konstaterade maken torrt. Jag orkade inte ens svara utan nickade bara. I den nedre delen av köpcentret hittade vi affären Carrefour, med ett stort utbud av elektronik och allt möjligt som är bra att ha till hemmet. Där fanns även en gigantisk matbutik med ett enormt utbud. Promenaden fortsatte tillbaka mot stan. Vi var totalt slut på energi. Vid det här laget värkte både fötter, huvud och själ. Nu behövde vi helt enkelt vila.

Det var vår andra kväll i Alicante. Tidigare hade vi bestämt att inte gå till Boca de Vin förrän vi hade kontroll på affären. Då skulle vi slappna av och fira. Men i det här hopplösa läget behövde vi fylla på med trygg och positiv energi. Efter en stunds vila tog vi nya tag, duschade, fräschade till oss och gick ned till restaurangen. Direkt när vi klev in genom dörren möttes vi av den positiva energin. Bägge drog en svag suck av lättnad. Vi behövde helt enkelt en andningspaus. Istället för att sitta vid baren slog vi oss ned vid ett av borden, beställde lite tapas och ett varsitt glas vin. För en stund lyckades vi tränga undan olusten och allt kändes nästan okej. Vi skrattade hysteriskt åt eländet och bestämde oss för att imorgon skulle pengarna ha kommit in på kontot. Då skulle läget vara under kontroll igen!

Den natten sov vi tungt och drömlöst. Morgonen efter vaknade vi strax innan nio. Fortfarande inga pengar på kontot. Jag ringde återigen till banken, ny banktjänsteman. Jag förklarade läget. Inga pengar. "Kanske är problemet den spanska banken?" menade vår svenska banktjänsteman.

Vi åt frukost, checkade ut, bytte rum och ringde till vårt ombud. "Still no money..." Nu började stressen påverka oss på riktigt. Vi var på gränsen till panikslagna. Återigen besökte vi banken ING för att få bekräftat att det inte var några problem från deras håll. Proceduren upprepades. Vi förklarade vårt problem. Den här gången var det en annan banktjänsteman. Han lyssnade och såg lätt bekymrad ut. Med rynkad panna slog han sig ned framför datorn. Fingrarna flög över det svarta tangentbordet. När han fick fram uppgifterna visade han oss att alla transaktioner mycket riktigt hade utan problem gått tillbaka till mitt svenska konto. Försiktigt sträckte vi oss fram över dataskärmen, bekräftade att allt såg korrekt ut. Jag bad om en skärmdump på transaktionerna. Nekande ruskade han på huvudet. Det gick inte alls för sig att lämna ut ett sådant dokument, sa han till oss med myndig röst.

Återigen kollade jag mitt bankkonto. Inga pengar. Svenska banken upprepade mantrat "Det kan ta en till två dagar, kanske tre". Nu var vi inne på andra dygnet. Så vad skulle vi göra nu? Vi stod och stampade och visste varken ut eller in. Men hoppades på att pengarna skulle synas på kontot senare under dagen.

35. KVARTEN - HAR VI KÖPT ETT RUCKEL?

För att trösta oss frågade mäklaren om vi ville gå och titta på lägenheten igen. Kanske skulle vi få lite inspiration. Det var dessutom ett perfekt tillfälle att inspektera den tidigare fuktskadan i taket som enligt uppgift skulle vara åtgärdad. Det var en strålande idé. Vi bestämde att ses utanför porten två timmar senare. Punktligt stod vi nedanför på gatan utanför porten och tittade upp mot "vår" terrass. Känslan av samhörighet med platsen och huset gjorde sig påmind. Vi var otåliga och ville att affären skulle bli klar, så att vi skulle få tillgång till lägenheten. Mäklaren och hennes kollega var redan på plats. Det pirrade lite i min mage och glädjen att få återse lägenheten gjorde mig gott. Vi tog trapporna upp och plötsligt insåg jag - det är inte tre våningar som jag hela tiden hade intalat mig. Det är ju fyra våningar. Det stämde mycket väl och det stod även tydligt och klart i prospektet. Fyra våningar. Det var nog en underliggande tankevurpa från mitt håll. Det kändes helt enkelt bättre med tre våningar. Det var ju där vi hade satt vår limit. Max tre våningar. Jaja, trapporna var lätta att gå i och vid tre våningar så är det bara en kvar. Så vi kan ju säga tre plus en. Mental positiv tankekraft. Hursomhelst. Vi kom upp och klev in i lägenheten.

Fuktskadan var åtgärdad och fick förklarat för oss hur hantverkarna hade gått tillväga. Vi fick även ta del av bostadsrättsföreningens olika offerter som de hade tagit in för att göra ett mer omfattande underhåll och renovering av yttertaket. Huset behövde skyddas och säkras mot framtida fukt och regn. Även det kändes bra. Sen fick vi en chock. Lägenheten var så skräpig och smutsen syntes ännu mer. Hantverkarna hade heller inte städat efter sig. Utöver skräp och smuts upptäckte vi att någon hade tömt lägenheten på bord, stolar, tv, fläktar och diverse möbler. Till och med de gräsliga grå sängkläderna var bortplockade. Lägenheten såg ut som en knarkarkvart och utstrålade hopplöshet, övergivenhet och sunkighet. Terrassen var smutsig, färgen på väggen hade flagnat ännu mer. Allt var helt enkelt bedrövligt. Varken maken eller jag sa något. Vi var bara tysta. Vi höll masken. Men magin var borta. Vad hade vi köpt? En nedgången kvart?

Dagen började lida mot sitt slut. På vägen hem till vår svit på vårt fina, fräscha och trevliga Bed & Breakfast köpte vi lite vin, ost och småplock som vi gjorde i ordning och tog med oss upp på den allmänna takterrassen. Det var precis att vi hann fånga de sista solstrålarna som fortfarande värmde lite. Takterrassen var under renovering. Det enda som erbjöds var två mindre plastbord. Vi satte oss på det ena lite lätt vingliga bordet och dukade upp vår enkla kvällsmåltid på det andra. Tankarna snurrade runt och vi visste inte hur det hela skulle sluta. Det sista jag gjorde innan vi släckte var att kolla om några pengar hade kommit in, men icke.

Nattmaran. Den natten kunde varken jag eller maken sova ordentligt. Drömmarna var ryckiga och ångestfyllda. Djupsömnen infann sig aldrig. Mitt i natten vaknade maken, han dröp av svett. Ilsket skakade han av sig täcket och satte sig upp. Med en ångestfull och tung röst sa han "Jag vill hoppa av. Jag tror inte på det här. Jag skiter i om vi förlorar handpenningen. Bara vi klarar oss ur den här mardrömmen. Fattar inte hur vi överhuvudtaget kunde gå in i den här affären, lägenheten är ju ett förbannat ruckel. All packning slänger vi, släpar för fan inte med det hem". Maken osade ångest och frustration. Orden forsade ut ur munnen på honom. Först i början försökte jag lugna ner honom och säga att det blir nog bra, allt löser sig. I ett tafatt försök att ge honom styrka kramade jag kärleksfullt hans svettiga hand. Men till slut orkade jag inte heller hålla masken. Allt brast. De senaste dagarnas påfrestningar fick även mig att överväga hans förslag. Tyst med en svag och darrande röst svarade jag "Ja, det kanske är det bästa förslaget just nu". Till slut somnade vi om och vaknade till en ny dag, med ny energi och förhoppningsvis med pengar på kontot.

Torsdag morgon. Check av kontot, fortfarande inga pengar. Samtal med banken, fortfarande ingen förklaring. Möte med vårt ombud, mäklaren och hennes kollega. Ett dygn kvar tills vi skulle träffa notarien och säljarna. Men inga pengar på vårt svenska konto ännu. Säljarna hade vägrat att gå med på att skjuta upp affären till måndag efter helgen. Så även om våra pengar skulle komma in på kontot under dagen, var chansen minimal att vi skulle hinna föra över pengarna till Sabadell i tid. Vår tid och våra möjligheter började rinna ut. Hur i all sin dar hade vi hamnat i detta mardrömsläge? Vi var arga, frustrerade, skärrade och helt slutkörda. Vi ville bara åka hem och aldrig någonsin komma tillbaka till Alicante.

36. SKARPT LÄGE

Nu var det verkligen ett skarpt läge. Plötsligt öppnade sig en liten möjlighet. Mäklarens kollega ringde några samtal och efter en stunds diskuterande knäppte han av telefonen. Han hade hittat en möjlig lösning. Han hade använt all sin diplomati och trovärdighet i diskussionerna med säljarens ombud, där han gick i god för oss. Vi skulle kunna genomföra köpet i morgon fredag även om inte pengarna hade kommit in. Lösningen var att vi behövde lägga till en klausul i avtalet att slutbeloppet skulle inbetalas till säljarens konto senast inom tio dagar. Vilken fantastisk lättnad. Vi skulle även föra över 10 000 euro från vårt sparkonto direkt efter undertecknandet av alla köpehandlingar. Säljarna kunde då känna sig trygga med både förskott och vår delbetalning. Förutsättningen var dock att vi var tvungna att genomföra slutbetalningen inom dessa tio dagar. Om inte betalade slutsumman inom angiven tid skulle vi bli skyldiga till kontraktsbrott. Säljaren hade då rätten att häva avtalet och vi skulle förlora hela vår insats.

Det var en enorm lättnad. Även om det inte var den ultimata lösningen så var det det bästa vi kunde göra i den här galet absurda situationen. Äntligen kunde vi andas ut, i alla fall för stunden. Nattens ångest släppte sakta sitt grepp om oss. Snaran runt halsen var inte längre lika spänd. Lättade insåg vi att de negativa känslor till lägenheten var enbart vårt försvar som hade triggats igång. Rädslan att förlora affären och lägenheten hade självklart påverkat våra känslor.

Fredagen kom. Klockan elva skulle vi träffas hos notarien. Det kändes tryggt att ha både vårt juridiska ombud, mäklaren och hennes kollega med oss. Vi blev hänvisade till ett mörkt och trångt rum som bestod enbart av ett större konferensbord med stolar runt omkring. En medelålders, stor, grovhuggen och barsk, eller i ärlighetens namn surmulen man stod och tittade ner i sin mobil. Ointresserad av sin omgivning ägnade han knappt oss en blick. Bredvid sig hade han en mörkhårig, yngre, välklädd och proper kvinna som bläddrade i en stor hög med papper utlagda på bordet. Hon tittade upp och log. Vi hälsade artigt och presenterade oss för varandra. Den grovhuggna mannen visade sig vara en före detta sportsman på elitnivå. Det fick vi snabbt berättat för oss. Hans totala likgiltighet förstärkte vår uppfattning av att detta var en osympatisk man med ett mycket stort ego. Han var säljarens representant och kvinnan var, som jag förstod, deras juridiska ombud. Ägaren till lägenheten hade för länge sedan flyttat tillbaka till Ryssland.

Jag kände mig liten och sliten, men ändå tacksam att vi äntligen satt runt bordet och väntade på notarien. Språken som talades växlade mellan ryska, spanska, engelska och förstås svenska mellan mig och maken. Vi försökte oss på lite småprat i väntan på att papperna skulle bli klara. Det gick trögt, ingen som helst respons eller intresse från den osympatiske mannen. Men så började vi plötsligt prata om Ryssland. När maken visade sitt ryska visum och sa några fraser på ryska, lättade det lite. Den sure mannen bjöd då motvilligt på ett snabbt nästan obemärkt leende. Efter att alla papper och köpeavtal kontrollerats och kontrollerats ännu en gång, skrevs de under för att sedan, noggrant, kontrolleras ännu en gång av Notarien. När de slutligen stämplades var hela pappersexercisen avklarad. Många dokument. Mängder av stämplar och många underskrifter. Min hand darrade när jag skrev under det sista pappret och jag såg att även maken var allt lite nervös när han signerade dokumenten. Men nu var det klart så här långt. Vi gjorde överföringen på delbetalningen till säljaren, som kunde vänta sig pengarna på sitt konto under måndagen. Slutbetalningen skulle ske som sagt senast inom tio dagar. Allt stod ordentligt och tydligt i det slutliga köpeavtalet.

37. NYCKLAR, VIN OCH TAPAS

Hurra! Äntligen var vi lagliga ägare till en lägenhet i Carolina Altas, Alicante. Dessutom skulle vi få nycklarna och tillgång till lägenheten senare under eftermiddagen. Det var omtumlande. Det var svårt att förstå att vi till slut lyckats hitta en lösning. Fortfarande var det ju enbart en tillfällig lösning eftersom pengarna inte hade kommit in på kontot. Men vi hade god marginal för att lösa transaktionerna.

Under mötet hos Notarien hade vi fått skärpa oss till det yttersta. Våra hjärnor och sista energin gick på övertid. Slutkörda. Äntligen kunde vi slappna av. Plötsligt kände vi av både hungern och törsten. Vi hade knappt ätit någonting under de senaste dagarna. Nu ville vi ha ett glas vin och lite tapas! Visst var vi värda att fira lite grann och få njuta av att vi trots allt hade klarat det stora höga hindret utan att riva det. Ett jättehopp! Tvärs över gatan hittade vi en mysig och trevlig tapasrestaurang. Där unnade vi oss två glas vin och en tallrik med lite tapas. Hjärtats skenande slag började så sakteligen slå av på takten. Nu kunde vi andas igen.

Nästa steg var att ordna med den viktiga hemförsäkringen. Vårt ombud hade bokat in ett möte med försäkringsbolaget. Hand i hand traskade vi dit och fick hjälp av en mycket trevlig och hjälpsam kvinna på bolaget. Allt skedde digitalt och vi skulle senare få samtliga papper mejlade till oss. När den digitala signaturen var undertecknad från oss kunde vi lämna kontoret och bocka av ännu en punkt.

Fortfarande inga pengar på kontot. Nytt samtal med banken. Inget svar på varför pengarna dröjde. Plötsligt kunde det ta upp till fyra dagar innan de förväntades komma in på kontot. Det spelade ingen roll att jag ömsom skällde, grät eller försökte vara förstående. Pengarna fanns inte där ändå. Banktjänstemannen lugnade mig och sa att jag inte skulle oroa mig. De borde med all sannolikhet vara inne senare under fredag eftermiddag eller senast på måndagen.

Fredag eftermiddag. Vårt hotellrum var bokat till och med lördagen. Efter en snabb överläggning bestämde vi oss för att checka ut och ta med all packning till lägenheten. Så fick vi se om det överhuvudtaget gick att tillbringa första natten i lägenheten. Gick det inte att sova där fick vi helt enkelt boka in oss på ännu en natt. Vi förklarade läget för receptionisten, som vänligt hjälpte oss att boka taxi och därefter släpade vi ut all packning. Det var både tungt, mycket och otympligt. Stolt förklarade vi att vi minsann hade köpt en lägenhet i Carolina Altas. Receptionisten log, önskade oss lycka till och varmt välkomna tillbaka om det skulle behövas. En dryg kvart senare körde taxin in på vår gata, stannade utanför porten. Våra nya spanska vänner var redan där och väntade på oss. Mäklaren stod med nycklarna i handen. Det var tur att vi fick hjälp att bära upp allt. Det kändes som att vi hade packat ned tegelstenar i väskorna. Att släpa fyrtio kilo packning fyra trappor upp är ingen lek!

Väl på plats inne i lägenheten, kunde vi släppa ytterligare lite på trycket. Andningen kändes något lättare. Det var som att vi hade hållit andan i flera dagar. Visst såg vår nya lya bedrövlig ut, nedskräpad och smutsig. Det var ekande tomt på matsalsverandan, nu när det stora otympliga bordet och stolarna var bortplockade. Hur hade de lyckats släpa ned bordet? Vi drog faktiskt en lättad suck när vi insåg vilket helvete det måste ha varit. Tillsammans med ombudet och mäklaren synade vi av lägenheten. Alla konstaterade att den behövde en stor genomgång med marknadens starkaste rengöringsmedel. Samtidigt passade vi på att ställa lite praktiska frågor om gasen, ugnen och varmvattenberedaren. Hur vi skulle sätta på och stänga av dessa. Gasen till spisen var inget problem. Däremot hade de flesta spisplattorna geggat igen. Lågorna var knappt synliga när vi försökte få igång dem. Alla lösa delar behövdes plockas isär och avfettas noga. När vi kom till varmvattenberedaren började det stora bekymret. Vi granskade den noga och upptäckte att en liten anslutningsslang saknades. "Hm... det var konstigt" sa maken. Tidigare hade vi ju provat att vattnet fungerade, det var absolut inga problem. Men nu skulle vi få igång varmvattnet. Mäklaren granskade beredaren noggrant. Ganska omgående konstaterade hon att slangen som saknades var bara att införskaffa i närmaste detaljhandel. I nästa andetag tillade hon att hon skulle be sin make kika på denna och att han kunde hjälpa oss. Snabbt tog hon ett kort på beredaren och skickade över till sin man. Till saken hörde nämligen att det första vi skulle göra var att byta lås till ytterdörren. Så hantverkarmaken hade redan fått uppdraget att åka till Leroy och köpa ett nytt lås och en uppsättning nycklar åt oss. Vilken fantastisk tur vi hade att få hjälp med detta! Dagarna innan hade vi jagat runt i Alicante i jakt på en låssmed och det var inte det lättaste. Till slut hade vi hittat en liten låssmedslokal i närheten av Mercado. Med hjälp av kroppsspråk, knagglig spanska försökte vi förklarade för låssmeden vårt ärende. Som svar fick vi att det bara var att ringa när vi behövde hans hjälp. Vi kände dock att hantverkarmakens hjälp var tryggare och enklare. Dessutom kunde vi konversera på engelska med honom.

Tillbaka till varmvattenberedaren. Handfallna och mycket fundersamma står vi där med en trasig varmvattenberedare som behöver en ny slang för att fungera. En kvart senare kommer vår räddare i nöden, med det nyinköpta låset. Några minuter senare, har han tagit bort det gamla låset och installerat det nya, swish, swish. Vilken handyman. Det kändes överväldigande när han lämnade över nycklarna till oss. Våra alldeles egna nycklar. Vi hade blivit med lägenhet! Lycka! Glädje! Matthet! Oro! För vi hade ju ännu inte fått in pengarna på kontot. Det stora mörka molnet på himlen skuggade solen fortfarande. Vi vågade inte fira stort, men ett litet leende på läpparna och en lättnadens suck undslapp oss bägge.

Så fort låset var utbytt, förflyttade vi oss ut till tvättstugan, eller rättare sagt tvättbalkongen. Nu var det mysteriet med varmvattenberedarens slang. Hantverkarmaken granskade behållaren noga, kikade, grunnade, vände och vred. Efter några minuter kom ett kort konstaterande. "The water heater is broken and I can't fix it. I'm very sorry". "What? Broken, we were told just to buy a new hose?" Maken och jag både såg och kände oss totalt uppgivna. Vilken start. Den hade ju fungerat tidigare? Eller? Vi förstod absolut ingenting. " This is a very old heater. And I think the best for you is to buy a new one, and you can buy a bigger one, because this is too small for you, I think..." Det kändes förstås totalt värdelöst. Vi behövde ju tillgång till varmvatten omgående för att bland annat städa och tvätta oss. Uppgivet granskade vi beredaren igen och det var ju bara att hålla med. Den hade nog sett sina bästa dagar. Dessutom var den nog för liten för att räcka till för oss.

Den mycket vänliga och hjälpsamma hantverkarmaken åtog sig att ännu en gång åka till Leroy och införskaffa en ny beredare åt oss. Vad hade vi gjort utan honom? Snabbt kollade vi in utbudet på deras hemsida och bestämde oss för en i mellanprisklassen som dessutom var dubbel så stor som det gamla odugliga skräpet. Han lovade att återkomma nästa dag för att plocka ned den gamla och sätta upp den nya. Dessutom åtog han sig att lägga ut för kostnaden så var det bara för oss att sedan betala motsvarande belopp som stod på kvittot. Några pengar för själva jobbet ville han absolut inte ha. Vilken fantastisk hjälp! Men det var någonting som inte stämde. Vi visste inte exakt vad det var. Något var fel. Det gick inte riktigt att sätta fingret på det. Därför kunde vi inte släppa tanken på mysteriet runt varmvattenberedaren...

38. TJUVEN

Senare på kvällen bestämde vi oss för att fördjupa oss i mysteriet. Plötsligt kom jag på att vi faktiskt hade filmat hela lägenheten inklusive varmvattenberedaren när vi var på visningen i december. Varken maken eller jag hade något minne av att vi då hade reagerat på att varmvattenberedaren såg otjänlig ut. Vi granskade filmen noga och STOPP! Där var ju vattenberedaren. Jag hade långsamt och tydligt zoomat in den. Filmen var glasklar. Varmvattenberedaren på videon var en helt annan än den gamla trasiga beredaren som skulle monteras ner och ersättas med en ny. För helvete! Den var utbytt! Beviset fanns ju här! Snabbt som ögat skickade vi filmen till vår mäklare och ombudet. De blev precis lika chockade som vi. Ingen av oss förstod någonting. Bevisligen hade någon varit inne i lägenheten och stulit beredaren och hängt upp en trasig. Videobeviset vidarebefordrades till säljarens ombud. Som nekade totalt - självklart!Vårt ombud konfronterade säljarens ombud upprepade gånger och varje gång fick hon de mest märkliga och icke trovärdiga svar. Den ena märkliga lögnen efter den andra. Följande förklaringar fick vi av honom;

1. Nej, den är inte utbytt. Den där har suttit där hela tiden.

2. Nej, jag har ingen aning. Den andra mäklaren måste ha tagit den i så fall.

3. Nej, jag har ingen aning. Kanske är det någon som har lånat nycklarna och tagit den.

4. Nej, jag har ingen aning. Kanske tog någon den när de hämtade möblerna?

5. Jo, jag var tvungen att byta ut den och ersätta min trasiga.

Säljarens ombud, denna hemska människa, vidrig, psykopatisk lögnare och kriminell? Ja kanske. Vi tyckte det kändes mycket obehagligt. Självklart var vi förbannade till bristningsgränsen. Våra hjärnor började bli överkokta vid det här laget. Hur man överhuvudtaget kan komma på något liknande, och dessutom komma undan med det. Vårt ombud hade tyvärr inget för att hon skällde ut honom och hotade med repressalier. Allt rann av honom som vattnet på en gås. Hon frågade oss om vi skulle gå vidare med det, rent juridiskt. Men maken och jag beslöt oss för att lägga ned det hela. I ärlighetens namn kände vi ett starkt obehag. Ju mindre vi hade med honom att göra desto bättre kändes det i det här läget. Vi hade ju fått hjälp av hantverkarmaken att fixat en ny modern varmvattenberedare. Även om den kostade oss en slant. Ärendet var avslutat för vår del.

39. STÄDNING - BORT MED SKITEN

Tillbaka till städningen och renoveringen. Det var mycket annat vi hade att tänka på. Här gällde det att spotta i nävarna och kavla upp ärmarna. Nu skulle det rensas och städas. Eftersom vi stod inför utmaningen - storstädning utan varmvatten - var den stora frågan hur man gör då? Den enda rediga tanken vi kom på var att helt sonika köpa en liten varmvattenkokare. Så iväg att köpa hink, svabb, medel och allt som behövdes för ändamålet, samt en vattenkokare. Så fick det bli.

En snabb inspektion gjordes av sängarna och dess madrasser som till vår stora förvåning såg helt nya ut. Rena, fräscha och som synes, totalt oanvända. Märkligt och otippat, men glädjande. De var nog nyinköpta med tanke på förra ägarens planer att hyra ut lägenheten. En noggrann rengöring med textiltvätt fick duga. Vi skulle i alla fall, utan problem kunna sova på dem den första natten. Lyckligtvis hade vi tidigare lagt märke till att precis runt hörnet fanns en sängbutik. Dit skulle vi gå dagen efter och köpa nya fina bäddmadrasser att lägga ovanpå sängbottnarna.

Drygt fem timmar senare, totalt slut på energi och rengöringsmedel samt svaga av hunger, stod vi och inspekterade resultatet efter den första grovstädningen. Vi hade rensat bort skräp och bråten och lagt dem i stora svarta sopsäckar. Sopat, skrubbat och skrubbat. Litervis av uppkokat varmvatten hade gått åt. Utan vattenkokaren hade det aldrig varit möjligt. Tänk att en enkel liten vattenkokare kunde vara räddningen! Resultatet var långt ifrån bra, men fick duga till en början. Den värsta skiten var helt enkelt bortstädad i alla fall.

Nu var vi tvungna att göra något åt hungern. Klockan hade hunnit passera middagstid för länge sedan. Maken erbjöd sig att springa ned till den närliggande mataffären runt hörnet, för att köpa lite smått och gott att äta. Bröd, ost, skinka, oliver, lite frukt och vin fick det bli. Eftersom vi inte hade hunnit med att rengöra spisen ännu fick det bli denna enkla kvällsmåltid. Under de knappa tjugo minuterna som maken var och handlade hann jag pimpa vardagsrummet och matverandan. Bort med den anskrämliga, randiga mattan som tidigare låg slängd över den lika hopplösa soffan. På med medhavda överkast, plädar och kuddar, allt i en smakfull och sober färgkombination av naturvitt och dimrosa. Mormors gamla vita spetsduk fick pryda den stora fula träfärgade byrån bredvid soffan. Den kvarlämnade bruna keramikvasen var vid första ögonkastet ful som stryk. Plötsligt fick den en hedersplats på byrån. De medhavda ljusslingorna ringlades runt krukan och vackra konstblommor arrangerades smakfullt i vasen. Jag packade upp det nätta dimrosa brickbordet, placerade det framför byrån. Plockade upp doftljusen och den lilla guldfärgade skålen, även dessa hade jag införskaffat hemma. Jag släckte taklampan och tände ljusslingan och doftljusen, som genast spred en fräsch och hemtrevlig doft i rummet. Ljusslingans varma sken lyste upp det tidigare mörka hörnet. Med väldigt enkla medel hade jag fått till ett mer inbjudande och varmt rum. Det oerhört fula och kantstötta soffbordet fick nöja sig med en grå och linnefärgad kökshandduk tills vidare.

Nästa steg var att få någon slags ordning på den inglasade matverandan. Jag visste inte riktigt vad jag skulle göra med den. Efter att det otympliga bordet och stolarna hade försvunnit ekade den tom och övergiven. Kvar var bara det oerhört fula vita barbordet och de två udda barstolarna. I ena hörnet stod fortfarande tre stora svarta sopsäckar med bråte och skräp som vi ännu inte hunnit slänga i containern. Här fick det bli en quick fix. Ett vitt lakan fick agera som duk. Med en hårsnodd knöt jag ihop duken på ett kreativt och dramatiskt sätt. Två överblivna köksglas omvandlades till värmeljusbehållare, i dem la jag små doftvärmeljus. En kvarlämnad hemmagjord tavla på canvas föreställande en gul blomma, som egentligen skulle slängas fick hänga kvar och smyckades med en ljusslinga. Jag dukade upp med våra fina vita medhavda franska tallrikar som jag hade lyckats klämma ned i packningen hemifrån. Vinglas hade vi inga ännu. Två vanliga dricksglas fick duga. Några knivar och gafflar hade jag också lyckats packa med hemifrån. Servetter, till och med det hade fått plats i packningen, just med tanke på första kvällens middag i lägenheten.

På en kort stund hade jag med enkla medel lyckats skapa en någorlunda hemtrevlig känsla. Jag backade ett steg och betraktade min skapelse och konstaterade nöjd att det fick duga. I huvudet började jag memorera vad som skulle behövas köpas dagen efter, för att höja känslan av ett hem. En tavla och spegel till vardagsrummet, lite fler kuddfodral, vinglas med mera. Sovrummet var fortfarande ofixat och såg lika hopplöst ut som tidigare. Vi bestämde oss för att samla våra krafter och göra en sista insats innan kvällsmålet. Sänggavlarna stod på sniskan och var en decimeter för breda. Fula och oanvändbara. Men vi hade en plan. Sängarna skulle placeras mot långsidans ena vägg. Vi hade tagit med oss lite buntband hemifrån. De blev perfekta att sätta ihop sängbenen med. Vips blev det en dubbelsäng. Det här fick duga till en början med. Ännu så länge hade vi ju ingen ny bäddmadrass. Men det medhavda dubbeltäcket (Herrejösses, hur fick vi plats med alla grejer i resväskorna?) fick duga som underlag första natten. Sänggavlarna som nu hade satts ihop till en enhet var plötsligt inte lika fula längre. Istället gav de den nyskapade dubbelsängen en ombonad och rustik känsla. Kanske inget vi skulle valt i hemma i Sverige. Men här i Spanien kändes det rätt att lyfta fram den spanska stilen. Varsitt nattduksbord placerades på vardera sida om dubbelsängen. Två guldfärgade lampfötter i trä placerades på borden. De nyinköpta täckena kläddes med vita fräscha påslakan och ett krispigt vitt underlakan. Sängbenen gömdes bakom en vit sängkappa. Till och med två kuddar hade vi köpt. Det fick duga första natten. Två tunna plommonlila gardiner hade jag införskaffat. En blev ett dekorativt överkast och den andra ersatte den sunkiga gardinen som tidigare hade hängt i fönstret. Volia! Nu hade vi ett sovrum, enkelt men rent och fräscht!

Det sista maken gjorde innan vi bestämde att allt var klart var att plocka fram den lilla värmefläkten. Tack och lov så hade han insisterat på att denna skulle absolut med. Vilket visade sig vara ett helt rätt beslut eftersom alla värmeelement i lägenheten var nedmonterade och bortforslade. Luftvärmepumpen hade vi efter mångt och mycket fått igång så den hjälpte till att värma upp den januariråa lägenheten. När sovrummet var fixat släpade vi oss upp på barstolarna och hämtade andan. Helt slutkörda. Igen. Klockan var nästan tolv på natten och vi hade inte ätit sedan tidig eftermiddag. Hungern hade mer eller mindre lämnat kroppen och ersatts av bara ett ihåligt knorrande i magen. Men så fort vi hade tagit de första tuggorna insåg vi att hungern trots allt låg där och lurade. Vi var utsvultna! Vinet smakade ljuvligt. Efter knappa halvtimmen var tallrikarna rensade till sista smulan. Där satt vi med ett varsitt glas vin och drog en djup suck av belåtenhet. För en kort stund hade vi glömt bort allt elände och besvär samt lyckats hålla den pyrande ångesten tillfälligt på stången. Vi vågade inte fira, men skålade och gratulerade oss själva att vi kommit så här långt. Första natten i vår nya lägenhet sov vi tungt, nästan medvetslöst och drömlöst. Vi var totalt slutkörda, både mentalt och fysiskt. De senaste dagarnas press och stress hade tagit hårt på oss. Allt för hårt.

Vid niotiden på morgonen vaknade jag av att ljuset silade in genom sovrumsfönstret. Rummet var lite svalt eftersom vi hade stängt av värmefläkten när vi släckte lampan för natten. Yrvaken satte jag mig upp på sängkanten och kände det kyliga stengolvet under mina bara fötter. Snabbt letade jag upp tofflorna och drog på mig de sköna mjukisbyxorna och en varm kofta. Maken sov fortfarande. Jag tittade på honom och kände en enorm ömhet och kärlek. Vi hade gjort den här resan tillsammans och kämpat oss igenom den ena motvinden efter den andra. Men nu var vi här och det var dags för frukost. Jag sträckte mig över sängen och gav honom en morgonpuss. "Dags att vakna nu älskling." Med nyfunnen energi sprang nedför trapporna för att införskaffa frukost, först till bageriet för att köpa lite morgonbröd, sedan de hundra stegen till vår närbutik. Dryga tio minuter senare var jag tillbaka i lägenheten med bröd, ost, kaffe, yoghurt, mjölk och flingor, ett par tomater och lite vindruvor. Det fick bli dagens första måltid.

På dagens agenda stod det: Städa. Fortsätta med städningen av köket och spisen, samt fortsätta rengöringen av badrummet. Vi visste att under helgen kunde vi inte förvänta oss några pengar på kontot, utan det var tidigast på måndag morgon. Så den tanken försökte vi släppa så gott det gick. Vi skulle också gå ned till kinaaffären och se vad de hade i sitt utbud. Listan var ganska lång, allt från fler glödlampor till vinglas med mera behövde införskaffas. Men först av allt skulle vi gå ned och besöka den lokala marknaden. Varje torsdag och lördag hölls det marknad bara ett par hundra meter ifrån lägenheten. Det myllrade av folk, trångt och livfullt. Vi kände oss som en del av den spanska vardagspulsen. Nyfiket passerade vi det ena ståndet efter det andra. Allt möjligt erbjöds, stora fula tanttrosor och blommiga nattlinnen, väskor, stickade tröjor, skor, frukt, grönsaker, husgeråd, ett oändligt utbud! Vi hade bestämt att vi behövde en "dra-maten". Det var nödvändigt. För så är det, alla drar på en dramaten. Nästan längst bort, i slutet av marknaden hittade vi ett stånd med flera olika modeller och mönster, rutiga, randiga, enfärgade. Vi fegade ut och köpte en diskret i svart. Maken ville absolut inte ha en "tantdramaten". På hemvägen passerade vi den lilla saluhallen och lyckan var enorm när vi insåg att vi hade en egen liten saluhall i vårt område. Vi hade dessutom lyckats finna den lokala måleributiken som låg bara några hundra meter från vårt nya hem. Det kunde inte bli mer än perfekt! Här skulle det inhandlas vit målarfärg till väggarna, vit kakelfärg till köket och en mörk körsbärsröd färg till sovrummets garderobsskjutdörrar och innerdörrarna. Det skulle bli steg nummer två i operation uppfräschning.

Nu skulle vi utforska "kinesens" utbud. Med fullmatad inköpslista på småsaker som behövdes, både praktiska grejer och lite mer "pimp" gav vi oss iväg till butiken. En spegel, tavelramar och kanske även en färggrann tavla till vardagsrummet skulle vi ha. I och för sig hade vi inga förväntningar att hitta just dessa saker här, men det skadade ju inte att hålla ögonen öppna. Plötsligt mitt framför oss stod en fantastiskt fin helfigurspegel med en lagom sirlig guldram lutad mot väggen. Jag stannade upp och betraktade den. På två sekunder beslöt jag att den skulle bli perfekt till vardagsrummet eller kanske till gallerigången. Vi passade också på att botanisera bland det förvånansvärt stora utbudet av canvastavlor. De flesta ratade vi, kändes som den spanska varianten på Hötorgskonst. Efter en stunds letande fastnade blicken på en avlång, ganska stor och behaglig tavla i ett abstrakt mönster. Färgsättningen var samtidigt både sval och varm samt utstrålade ett slags harmoniskt lugn. Maken och jag var samstämda, den skulle bli bra ovanför soffan. I alla fall till en början. Vi måste ju börja någonstans. Lite skålar, glas och ljus plockade vi med oss också. Jag vet inte hur vi kom hem med alla saker. Men på något sätt lyckades vi släpa och rulla hem dem. Tur att vi hade vår nya dramaten och fyra starka armar! Fyra våningar senare och lätt ont i rygg och knän var till slut de nyförvärvade fynden hemma och väntade på att få bidra till lägenhetens trivsel.

Tyvärr var vi fortfarande utan varmvattenberedare. Hantverkarmaken hade som överenskommet införskaffat en ny fin beredare som han slitsamt släpat upp för alla trappor. Det räckte inte med att han släpade upp varmvattenberedaren. Dessutom hade han tagit en extra tur och införskaffat en nyfylld gasbehållare och den skulle också bäras uppför alla trappor. Vilken fantastisk hjälp. Vid det här laget förstod även han att både jag och maken var mycket nära ett nervöst sammanbrott, med all galenskap vi hade fått utstå i hela denna långa följetong. Och ännu var vi inte i mål. Efter lite meckande och fixande satt äntligen varmvattenberedaren fint på plats på tvättbalkongens vägg, som den aldrig gjort annat. Men självklart, en liten anslutningsmanick saknades. Det var förstås en beställningsvara. Glädjen var med andra ord kortvarig, fast vid det här laget hade vi fått insikt i att värre saker fanns. Vi fick sonika fortsätta värma vattnet med vattenkokaren och duscha i kallvatten. Hantverkarmaken, vår nya hjälte, gick istället lös på vår gasspis. Vi fick nämligen inte ordentlig fjutt på den. Hur vi än hade försökt ville den inte tända till som den skulle. Vår hjälte plockade isär alla lösa delar, vände och vred och till slut fick han igång lågorna. Men spisen behövde få en ordentlig rengöring, upplyste han oss om. Vi överlämnade vår extranyckel till vårt ombud som lovade att varmvattnet skulle vara fixat när vi nästa gång kom tillbaka till Alicante.

40. MÅNDAG MORGON
NEDRÄKNINGEN

Lördagen och söndagen gick fortare än fort och vips så var det måndag morgon. I morgon, tisdag, var det dags för oss att fara hem till kalla mörka Sverige. Så fort jag hade vaknat sträckte jag mig efter telefonen för att äntligen få bekräftat att pengarna hade kommit in på kontot. Jag var fruktansvärt nervös, fjärilarna fladdrade oroväckande i magen. Bara några sekunder senare hade nervositeten bytts ut mot en svart djup ångest och panik. Nu var vi där igen, fortfarande inga pengar på kontot. För sjätte gången ringde jag till banken. Efter en oändligt lång kötid kom jag slutligen fram och fick prata med en manlig kundtjänstpersonal. Som ett mantra upprepade jag mitt ärende, påpekade att jag hade ringt flera gånger tidigare utan att få konkreta svar. Han lyssnade och konstaterade att det här var ett speciellt fall för utlandsavdelningen. "Ett ögonblick så kopplar jag dig dit." Ett ögonblick blev tjugo minuters väntan. Tjugo minuters väntan på vad? Att ännu en gång få beskedet "Nej, inga pengar på kontot. Är du säker på att den spanska banken har skrivit rätt uppgifter?" Till slut svarade ännu en man på andra sidan luren. Ytterligare en gång förklarade jag mitt akuta problem. Jag kände att min röst började brista och fick ta några bestämda och djupa andetag för att hitta lugnet. Återigen fick jag förklarat för mig att det inte fanns några pengar på kontot.

Jag förstod nu att något måste vara allvarligt fel. Men vad? Varför fanns inte pengarna? Var är pengarna? Vad har hänt? Vem bär ansvaret? Tusen frågor snurrade runt i huvudet på mig. Den här gången bestämde jag mig för att inte vara tålmodig och vänta. Jag krävde att få en förklaring. Jag vässade till min röst och sade "Ni måste ju veta var pengarna är. Har de lämnat Spanien? Eller har de kommit till Sverige? " I vår digitala värld år 2020 måste man helt enkelt kunna följa dessa transaktioner" hävdade jag, mer ilsken i rösten än vad jag borde. Jag var trött på att slussas hit och dit och inte få något som helst svar på mina frågor. Ingen förklaring överhuvudtaget. Mina frågor besvarades enbart med motfrågor från banken. "Har du talat med den spanska banken? Är du säker på att den spanska banken har uppgett rätt kontonummer?" I det här fallet kunde banktjänstemannen inte besvara den enkla frågan. "Vet ni över huvud taget var pengarna är? I Sverige? Eller i Spanien? "Plötsligt utbrast han, "Nu ser jag att det har kommit in ett belopp. Ser ut att vara det lägre beloppet som du talade om." Klockan hade nämligen precis passerat tio på morgonen och tydligen var det en tidpunkt då dagens första insättningar syntes. En lättnadens suck läckte ur min strupe. Men eftersom det lilla beloppet var enbart en bråkdel av de försvunna pengarna så fanns ju fortfarande problemet kvar. Han fortsatte: "Om du hänger kvar ska jag undersöka vidare vad som har hänt med de andra överföringarna." Ytterligare fem minuter gick, tio minuter gick. Plötsligt var han tillbaka i luren. "Ja… jag kan se att de övriga pengarna har kommit in till banken i Sverige. Men de är inte insatta på ditt konto, utan de ligger för granskning." "Va? Granskning? Vad menar ni med det?"

Jag blev alldeles kallsvettig och nu kände jag hjärtats rusande pulsering ända uppe i mina egna öron. Det flimrade framför ögonen och jag blev riktigt, riktigt stressad, eller rättare sagt panikslagen. Inte en enda fråga kunde han besvara. "Nej, jag är ledsen men det är sekretessbelagt." Jag stod alltså i Spanien och pratade med en svensk banktjänsteman gällande mina egna överföringar från mitt spanska konto till mitt svenska konto. Jag nekades till mina egna pengar, utan någon som helst förklaring. Varje fråga som jag ställde besvarades återigen med "Nej, vi kan inte svara på detta på grund av sekretess." Mitt röstläge steg ytterligare några oktaver. Jag ömsom grät, ömsom skrek. "Ni stjäl mina pengar. Håller dem inne utan förklaring. Ge er på de stora bovarna istället för småfolket som kämpar och försöker göra rätt för sig." Men han var iskall, bad mig sänka tonen. Till slut insåg jag att det inte fanns en chans att komma vidare i samtalet med honom. "Om du inte kan ge mig svar på mina frågor kräver jag att få prata med din chef, koppla mig till någon av dina överordnade." "Nej, jag är ledsen", svarade han. "Det går tyvärr inte. Jag kan inte koppla vidare till någon. Men jag kan be att en av utredarna ringer dig." Klick. Telefonsamtalet avslutades. Jag vankade hysteriskt fram och tillbaka i lägenheten. Tårarna forsade, paniken galopperade genom hela kroppen som en flock skenande antiloper på flykt. Maken var lika upprörd, men försökte lugna ner mig. "Vad är det som händer?" skrek jag. "Vad fan menar de med granskning? Det är ju helt sjukt. Tror de att vi pysslar med penningtvätt? Ska de granska mitt konto och alla insättningar och uttag, swishandet av småbelopp hit och dit? Tror de att jag är kriminell?"

Här stod vi - i vår nya lägenhet, utan pengar att slutbetala den. Dagen innan vi skulle åka hem. Ångesten var total. Den var så kompakt runt omkring oss så att det hade behövts en bandsåg för att ta sig igenom den. Ingen överordnad banktjänsteman ringde mig förstås. Telefonen hade aldrig varit så tyst. Till slut gav jag upp, ringde banken igen och fick tala med en annan person i kundtjänst. Som i en dimma upprepade jag mitt ärende, berättade om det tidigare samtalet och min upplevelse om kundtjänstemannens agerande, hans bristande kompetens och ovilja att hjälpa mig. Jag berättade om min frustration och panik. Att ingen hade ringt tillbaka. Att vi inte visste vad vi skulle ta oss till helt enkelt. Kvinnan lyssnade på mig och gjorde allt för att försöka hjälpa oss. Hon blev personlig och förstod min stress och oro. Trots alla hennes försök kunde hon inte ge oss några fler svar på varför pengarna låg under granskning. Hon kunde inte heller säga exakt hur länge det skulle ta. Men tre till fyra dagar skulle hon gissa på. Till slut var samtalet över. Jag la till slut på luren och var alldeles iskall inombords. NEDRÄKNINGEN HADE BÖRJAT PÅ ALLVAR. Under samtalets gång hade jag frenetiskt vandrat fram och tillbaka i lägenheten, som en frustrerad tiger ofrivilligt instängd i sin bur i djurparken. Hjärnan kokade, kroppen skakade och hjärtat bultade. Benen var svaga som överkokt spagetti.

Vårt juridiska ombud försökte lugna oss, med förklaringen att säljaren inte var intresserad av att ställa till problem. De väntar på oss. Ta det bara lugnt. Parallellt jagade mäklarens kollega oss och frågade hur det gick om vi hade fått fram pengarna ännu. Han ursäktade sig att han jagade på oss, men säljaren var otålig. Vi fick dubbla budskap helt enkelt och visste inte vilket ben vi skulle stå på.

Ångesten hade oss i ett järngrepp och vägrade släppa taget. Chockade låste vi lägenheten och for hem till Sverige. Vi anlände till Sverige på eftermiddagen. Det första jag gjorde var återigen att kolla kontot, inga pengar. Jag ringde banken, ingen förklaring utan enbart deras hänvisning till sekretess. Klockan var för mycket för att personligen åka in till bankens huvudkonto. Vi beslöt oss för att direkt tidigt nästa morgon personligen besöka det stora huvudkontoret inne i Stockholm centrum.

41. BANKBESÖKET

Klockan tio på morgonen dagen efter stod vi inne på bankkontoret. Under armen hade jag en tjock bunt med handlingar, alla papper och bevis på fastighetsaffären. Nog med bevis för att verifiera att det här faktiskt inte handlade om någon pengatvätt eller skumraskaffärer som vi hade fått upplevelsen av att banken misstänkte oss för. Jag kände en stark känsla av förnedring, rädsla, uppgivenhet, ilska och frustration. Maken var osäker på om han skulle kunna hålla sig i skinnet om banktjänstemännen fortsatte med sin förminskning av oss som kunder. Ingen tvekan, vi var dessutom helt överens om att snarast möjligt, efter att pengarna åter anlänt till vårt konto, byta bank. Otåligt betraktade vi bankpersonalen när vi stod och väntade på vår tur. Unga effektiva banktjänstemän. Mina ögon sökte efter någon som såg ut som "bankchefen", men det var svårt att avgöra vem som hade den rollen. Till slut ropades vårt nummer upp. En ung kvinnlig banktjänsteman tog emot och visade oss fram till en disk. Det första jag sa var. "Jag behöver en stol att sitta på. Det här kommer ta lång tid." Jag var nämligen rädd att svimma om jag stod upp. Stressen gjorde mig yr och mitt redan låga blodtryck riskerade att sjunka ännu mer och inte orka leverera syre till hjärnan. Jag letade upp två stolar till mig och maken som vi slog oss ned på. Kvinnan bakom disken lyssnade och nickade när vi förklarade vårt ärende och den katastrofala situationen. Ärligt talat så har jag ingen aning om ifall hon överhuvudtaget förstod något av det vi berättade. Allt lät osannolikt, galet och helt ofattbart. Som ett riktigt dåligt skämt helt enkelt. Idag var det torsdag. Pengarna behövde vara på säljarens konto senast måndag. Vi hade vid det här laget också förstått att säljaren varken var förstående eller tålmodig. Affären skulle annulleras om vi inte betalade i tid. Han hade ju den juridiska rätten till det dessutom.

Ärendet blev för avancerat för banktjänstemannen. Hon fick tillkalla hjälp av en kvinna som vi tolkade som bankchefen. De slog sina kloka huvuden ihop och ringde till utlandsavdelningen. Under tiden när jag hade förklarat läget började jag hejdlöst gråta. Tyst bannade mig själv. Jag lät maken ta över så att jag kunde samla mig. Kände mig så liten och oprofessionell, men samtidigt driven av en oändlig kraft djupt inom mig själv. Nu var det matchboll. Det handlade om att vinna eller försvinna. Äntligen fick vi en förklaring till varför pengarna låg under granskning. Det hade inte alls att göra med att banken granskade våra privata transaktioner. Problemet var att banken visste helt enkelt inte var pengarna befann sig. Bankchefen försökte pedagogiskt förklara vad de menade. Det utförs en stor mängd transaktioner fram och tillbaka varje dag, varje timme mellan olika banker. Som vi förstod hade våra transaktioner av någon märklig anledning hamnat i en stor transaktionshög med överföringar från alla möjliga länder och avsändare. Banken behövde helt enkelt granska den stora röriga högen med överföringar för att reda ut begreppet avsändare och mottagare. Ett rejält trassel att reda ut, vilket de just gjorde för stunden. Banken gav fortfarande ingen förklaring till varför detta hände. En orsak var, enligt bankchefen, att den spanska banken inte hade uppgett korrekta uppgifter. Det var en förklaring som vi absolut inte köpte. Vi hade själva granskat avsändarens uppgifter. Men kaos i cyberspace var det helt klart.

Med det bestämdaste hade vi informerat bankchefen att vi inte lämnade banken förrän pengarna hade letat sig fram till sina rättmätiga ägare. Det vill säga till oss. Vi lät tjänstemännen jobba, satte oss i en soffa. Vi väntade och väntade och väntade. Till slut kom beskedet. Pengarna var äntligen återfunna och skulle snarast återinsättas på vårt konto. Jag kan inte påstå att vi jublade, skrattade eller ropade hurra! Nej, men vi kunde andas ut, släppa ned axlarna som under denna olidliga och nervpåfrestande tid letat sig upp till öronen. Krampen i magen lättade något och ersattes av ett svagt kurrande, av hunger. Vi hade inte haft förmågan att äta ordentligt på flera dagar. Pengarna studsade in på vårt konto, för att lika snabbt betalas ut. Mycket noga och med dubbelkontroll av banktjänstemannen fördes pengarna över till säljarens konto. Vi hade nu gjort rätt för oss i den ekonomiska bostadsaffären. Vi skickade en kopia på överföringen till vårt juridiska ombud och bad henne omgående meddela säljaren att pengarna var på ingång. Klockan var nu 17.00 torsdag eftermiddag. Hade vi tur skulle pengarna vara på säljaren konto dagen efter eller senast på måndagen. Vi hade med andra ord klarat deadlinen med en hårsmån och väntade bara på säljarens bekräftelse att pengarna hade kommit fram.

Väl hemma igen efter de extremt ansträngande timmarna och en lång påfrestande tid var min kraft och energi totalt slut. Kroppen värkte. Jag var fullständigt utmattad fysiskt och psykiskt. Det var så illa att jag knappt orkade ta av mig ytterkläderna och dra ned dragkedjan på stövlarna. Med mina sista krafter släpade jag mig till soffan i vardagsrummet, lade mig ned och somnade djupt, nästintill medvetslöst. Hjärnan var helt bortkopplad, kroppen likaså. Efter ett par timmar vaknade jag, absolut inte utvilad, men den värsta mattheten hade lagt sig. Jag var inte glad, inte ledsen, absolut lättad - visst. Men glädjen vågade sig inte fram.

Ett dygn senare kom den efterlängtade bekräftelsen. Säljaren meddelade att pengarna var inne på hans konto. Affären var avslutad. Så långt.

42. REVANSCH

Nu ville vi ha revansch! Revansch på glädje! Revansch på upplevelse och njutning! Revansch på positiva känslor! Vi kände att vi helt enkelt måste åka tillbaka till Alicante, nu snart! Snabbt bokade vi nya biljetter och två veckor senare satt vi på planet tillbaka till Alicante och vår nyinförskaffade lägenhet. Vi var tvungna att återerövra glädjen och lyckan över att vi äntligen kommit fram till mål. Vi ville FIRA! Jag hade svårt att vara borta mer än några dagar. Så för min del blev det ynkliga fyra dagar. Maken hade däremot möjlighet att stanna kvar ytterligare några dagar.

Tidig morgon den fjärde februari 2020 bar det av. Våra batterier var nyladdade. Vi var fullastade med ytterligare saker, som inte hade fått plats i bagaget tidigare. Bland annat tre canvastavlor till köket som jag hade tryckt upp från mina egna foton. En av dem var kronärtskockan som vi glömt bort på fruktfatet hemma i Sverige. Plötsligt hade den börjat blomma med magiska och ljuvligt vackra små lila tistelblommor. Självklart fotade jag den, något liknande hade jag aldrig sett. Typiska "köksmotiv" som skulle göra sig otroligt bra på kakelväggen i köket. Vårt svenska hem i förening med vårt nya spanska hem. Perfekt!

Jag glömmer aldrig känslan när vi satte nyckeln i låset och öppnade dörren till vår lägenhet. Det var ett kärt och varmt återseende. Åh vad vi hade längtat! Åh vad vi hade kämpat! Det var oerhört viktigt att äntligen kunna schasa bort alla negativa känslor och minnen. Vi var värda en rejäl omstart med ny positiv energi. Lyckan var också stor, för äntligen hade vi varmvatten! Allt var ordnat av vår hantverkarhjälte.

Den vän av ordning som jag är hade vi skrivit en lista över vad som behövdes göras. Steg nummer ett var att bege oss till Ikea för att beställa en första uppsättning av möbler. Köksbord, matstolar, skåp till galleriet, vitrinskåp och bokhyllor till vardagsrummet och lite mattor, konstväxter skulle utgöra starten. Vi hade noggrant kollat upp på nätet vad vi ville ha. Jag listade allt med både artikelnummer och priser i euro, en komplett lista att lämna fram till personalen på Ikeas beställningskontor i Gran Via.

Dramaten och vi tog den tjugo minuter långa promenaden dit med beställningslistan i högsta hugg. Solen värmde upp februariförmiddagen och vi kände en ljusnande förhoppning och förväntan! Det började bra! En stund senare satt vi mitt emot en trevlig ung säljare som talade mer eller mindre utmärkt engelska. Han nickade imponerat när vi lämnade fram vår fullmatade och förberedda lista. Vi hade underlättat hans arbete enormt mycket, sa han och log. Tjugo minuter senare var det mesta på listan avbockat och vi var drygt ett tusen fem hundra euro fattigare. Även om sparkapitalet minskade vartefter så kändes det riktigt bra. Det var nödvändiga investeringar för att uppnå trivsel och funktion i lägenheten. Dessvärre var det en sak som inte fanns på lagret, en bokhylla med lite speciella mått. Efter en snabb överläggning bestämde vi oss för att gå förbi Leroy Merlin som låg ett stenkast bort. Det kunde vara värt att gå dit och kika. Sagt och gjort, vi tackade för oss och begav oss av mot det stora byggvaruhuset. Promenaden gick fort, vi konstaterade glatt att vi var lyckligt lottade med alla dessa affärer inom gångavstånd. Väl framme vid varuhuset letade vi upp ett hjälpsamt butiksbiträde. Med vår knaggliga spanska och hans lika knaggliga engelska lyckades vi få den hjälp vi behövde. En vit bokhylla, väl inpackad i kartong, bara att bygga ihop när vi kom hem. För att lösa transporten hem köpte vi en stadig och rejäl pirra som skulle klara av en belastning upp till sjuttiofem kilo. Visst skulle det gå att få paketet hemkört. Men det kunde inte ske inom de närmaste dagarna och transporten skulle kosta onödigt mycket i detta läge. Optimistisk tänkte vi "Det här ska nog gå bra, bara vi tar det lugnt och inte stressar." Vi fick hjälp att surra fast det stora paketet på pirran, betalade och började vandringen hemåt. Ungefär två kilometer var det att gå. Det vi verkligen inte hade tänkt på var att för varje meter vi gick blev det tyngre och tyngre. Maken fick slita och släpa. Min hjälp bestod i att försöka bibehålla balansen på paketet så gott det gick. Efter ungefär femhundra slitsamma meter började det bli riktigt tungt. Svetten lackade och ryggen värkte. Vad hade vi gett oss in på? Inte en taxi heller så långt ögat kunde nå. Paniken började krypa in under skinnet på oss. Vad gör vi om vi inte orkar? Vi kan ju inte bara lämna pirran och bagaget mitt på trottoaren och ta bussen hem. Plötsligt hade vi gått vilse. Vi hade varit så fokuserade på att samla energi och styrka att utan att märka hade vi gått åt fel håll i en korsning. Vi stannade upp och hämtade andan. Ur makens mun kom de flesta kända och okända svordomarna i en lång harang. Jag stod hjälplöst bredvid och lät honom rasa av sig. Därefter tog vi ännu ett djupt andetag, vek av till vänster vid första bästa korsning för att slutligen komma tillbaka på rätt spår igen. Jag vet inte hur vi lyckades, men dryga timmen senare var vi hemma i lägenheten. Totalt slutkörda! Nu var det bara att packa upp den vita fina hyllan och sätta ihop den.

"Men…vad fan" maken svor igen. Hyllan var inte vit. Den hade en slags ekfärgad nyans. Visst var den snygg, men den var ju absolut inte vit. Vi hade fått fel paket av det trevliga butiksbiträdet och självklart var vi så förvirrade att vi inte dubbelkollade vad det stod på paketet. Vid närmare granskning fanns det en etikett med brun bild med texten "Marrón". Mitt simpla och tafatta försök till tröst var inte värt mycket "Vi kan ju måla den vit sen." Efter den dagen förstod jag verkligen innebörden av uttrycket "Blod, Svett och Tårar".

43. NYA DAGAR

Hola! Hola! Me llamo Fernando! Hola! Hola! Me llamo Fernando! Puedo cantar! Hola! Hola! Me llamo Fernando! Uno, dos, tres! Uno, dos, tres! Hola! Hola!

Jag stannade upp och försökte lokalisera var rösten kom ifrån, la ifrån mig tvätten som jag precis höll på att hänga upp på tvättlinan. "Hoooola! Hoooola! Fernando! Puedo cantar!" Nämen vad är det? En visslande trudelutt, som sedan följdes igen av "Puedo cantar!" Det lät som det kom från terrassen. Jag hade svårt att bedöma om rösten tillhörde ett barn, men av personens enkla vokabulär gissade jag att det var ett barn. Med nyfikna steg smög jag försiktigt ut mot terrassen. Tyst för mig själv mumlade jag "Galet, det kan ju inte vara något barn på vår terrass". Ljudlöst tassade jag ut på matverandan. Nu var det tyst. Jag kunde fortfarande inte se någon människa. Hade jag inbillat mig? Hade jag börjat höra röster i mitt huvud? Visst hör jag oljud i huvudet, men det är ju tinnitusen som tjuter och väsnas. Det här var något annat. Ord och visslande melodier. Plötsligt utan föraning var det någon som skrek! Hola! Trots att jag var förberedd, hoppade jag högt av rädsla! Min instinkt sa! Fly! Spring och göm dig! Men nyfikenheten tog över och jag höjde blicken, bestämt och sakta. Jag tittade, blinkade, tittade igen, kunde inte tro mina ögon. Där, på terrassens räcke satt den vackraste och ståtligaste fågel jag någonsin skådat. En fantastisk gul och blåröd papegoja. Den var enormt stor, säkert en halvmeter från näbb till de yttersta stjärtfjädrarna. Våra blickar möttes. Han stegade fram med små trippande steg mot mig, vred lite på huvudet och sa "Hola!" Me llamo Fernando! Puedo cantar" Högt och tydligt svarade jag "Hola Fernando! Eres hermosa. Me llamo Nina."

Med lite milt våld ruskade maken om mig, pussade mig på munnen, småskrattade och sa "Hola Nina! Dags att vakna nu, hemskt ledsen att störa dig i ditt möte med den vackra Fernando."

Jag gnuggade mig i ögonen och lämnade drömmen och papegojan Fernando för att vakna till en ny dag.

Ny dag och ny energi. Vi försökte släppa gårdagens fiasko med hyllan och tog istället tag i den välbehövliga renoveringen. Nu var det äntligen dags att måla. Vi hade ett flertal väggar som först behövdes tvättas och därefter målas. En av väggarna var verkligen en rejäl utmaning. Det var kakelväggen i köket. Bort med det anskrämliga mönstret och in med vit lugnande färg. Den gräsligt limegröna färgen i galleriet mellan kök och vardagsrum var riktigt illa och skulle målas om till vitt. Vardagsrummets vita väggar fick duga. Innerdörrarna var rent av förskräckliga, på med ny färg även där. Den mörkröda körsbärsfärgen som vi hade funderat på skulle bli perfekt.

Med vår nyinköpta dramaten och en inköpslista styrde vi med lätta steg mot "la tienda de color". Trots att vi hade kört slut på oss under gårdagen fanns det tydligen en enorm gömd energi i hos oss bägge. En mycket trevlig spansktalande herre hjälpte oss med alla våra tusen frågor. Med hjälp av vår knackiga spanska, Google translate och lite engelska lyckades vi få med oss allt som stod på listan. Nu var det bara att kavla upp ärmarna och spotta i nävarna. Jag tog ansvar för målandet i köket, maken gav sig på dörrarna. Ett slitsamt och tidsödande jobb för oss båda. Flera timmar senare kunde vi ana resultatet. I köket fanns bara svaga och nästan osynliga spår kvar av det fula brungula mönstret. En strykning till så skulle ena väggen vara helt färdigmålad. Sen var det bara resten kvar. Ett steg i taget. Dörrarna blänkte som nya, med spackel och färg blev de väldigt granna. Plötsligt upptäckte vi hur vacker vardagsrumdörren var med sitt spröjsade glas.

Två dagar innan min hemfärd anlände äntligen våra möbler från Ikea. Tre tappra och spänstiga herrar slet med att få alla våra saker fyra trappor upp. Snabbare än blixten, så var allt på plats. Resten av dagen gick åt till att montera, samla skräp och slänga i containern för grovsopor lite längre ned på gatan. Efter ett antal smärre svordomar och ett oändligt pusslande var till slut alla bitar på plats. Lätt utmattade men mycket nöjda och belåtna stod vi leendes med ett varsitt glas vin i handen och betraktade vårt nya möblemang samt de naturtrogna konstväxterna. Som inbiten trädgårdsmänniska skyr jag egentligen konstväxter. Men de var den bästa lösningen, med tanke på långa perioder utan bevattning. Får man välja mellan inga växter alls eller konstväxter så är valet inte allt för svårt.

Slitsamt och roligt är en snabb summering av arbetet med att ge lägenheten den hemtrevnad och värme som den var värd. Vi var rejält trötta på kvällarna och somnade fullständigt utmattade, oerhört tacksamma och otåligt förväntansfulla inför nästa dag. Varje dag gav oss ny energi. Optimismen och kreativiteten flödade. Det stora traumatiska såret började läka. Båda undvek att prata om de skräckfyllda veckorna som hade plågat oss innan vi lyckades ro affären i land. Jag har tappat räkningen på hur många gånger vi sprang nedför trapporna med fjäderlätta steg för att sedan kämpa oss upp för alla fyra våningar. Vi var nästan alltid fullastade med diverse attiraljer som behövdes för renoveringen och stylingen av vårt nya boende. Även om det var slitsamt så stod humöret på topp och det kändes underbart att faktiskt för en gång skull i hela den här resan enbart få känna en ren skär lycka och glädje. Visst hade vi en hel del saker kvar att åtgärda, både administrativt och praktiskt.

44. GRANNARNA

Vi hade träffat och sagt hej till en del av grannarna i huset. En speciell, ny och spännande känsla för oss. Det här var ju vårt nya framtida deltidshem. Fortfarande var vi främlingar i huset. Alla grannar var nya ansikten. Vi log lika glatt varje gång och sa hej när vi mötte någon i trapphuset. Så småningom skulle vi nog lära känna igen varandra. Kanske till och med utbyta små enkla fraser på spanska. Alla kändes mycket snälla och artiga. Det var verkligen en salig blandning av spanska familjer. Vid det här laget hade vi förstått att vår granne bredvid oss var ordförande i bostadsföreningen. Ännu hade vi inte träffat honom. Men vi hade hört hans lilla hund skälla vid ett flertal tillfällen. Den äldre, lite korrekta damen hälsade varje gång artigt med en nick och ett " Buenos dias" för att sedan kämpa sig upp för de två våningarna. Hennes till synes lika gamla hund gick alltid två steg bakom henne. Våningen nedanför oss, snett mittemot vår tvättbalkong bodde "Colombianskorna". De satt oftast vid det öppna fönstret i köket och skrattade och pratade. De sköna sydamerikanska musikaliska rytmerna letade sig upp genom den gemensamma pation, studsade mellan husväggarna och tvättlinorna för att till slut dansa in genom vårt öppna fönster. Ibland kunde vi höra när grannen mitt emot oss visslandes hängde sin tvätt. Det är ännu en sak som jag faktiskt älskade med vårt nya boende. Våra klassiska spanska tvättlinor som sträcker sig över pation från ena väggen till den andra. För oss var det helt enkelt en fascinerande och positiv känsla att få vara en del av det spanska livet.

Tyvärr gick de få dagarna allt för fort. Det var dags för mig att ta farväl till lägenheten och min kära man. Jag hade inte alls lust att lämna dem, nu när vi började få lite mer ordning. Dessutom var det fortfarande en mängd saker vi ville göra. Min hjärna gick på högvarv. Den ena kreativa idén avlöste den andra. Några timmar senare satt jag motvilligt på planet hem mot mörka och råkalla Sverige. Samtidigt njöt maken av frukosten i solljuset på verandan och planerade dagens sysslor. Han skulle vara kvar ytterligare fyra dagar. För att göra en lång historia kortare, så bestämde vi oss för att så snart som möjligt åka ned igen till vår nya vindslya.

45. SPANSKT SPORTLOV

Nästkommande resa var bara några veckor senare, närmare bestämt den 23 februari. Skillnaden var att den här gången var inte maken med. Han var bortrest på jobbuppdrag på andra sidan jordklotet. Istället skulle sonen äntligen få se lägenheten. Det var sportlov. Hemma i Sverige var vädret grått och ruggigt. Inte en tillstymmelse till snö eller vinter. Med glatt humör lämnade vi grårusket och sent på natten landade vi på Alicante flygplats. Jag hade bokat en extra stor taxi som stod och väntade på oss. Vår packning var även denna gång stor, otymplig och tung med flera väskor. Dessutom hade vi även lyckats få med ett mindre digitalpiano och en akustisk gitarr. Vilket var ett måste och en självklarhet för familjens musikanter.

Klockan ett på natten släpptes vi av utanför vår port. Spänd av förväntan med tusen fjärilar i magen stod jag nu framför vårt hus. Uppspelt, otålig och nyfiken på vad sonen skulle tycka om lägenheten. Sonen var förväntansfull och samtidigt så cool som bara en tonåring kan vara. Jag vet inte riktigt hur vi lyckades få upp all packning. Men på något magiskt sätt släpade vi upp allt och där stod jag med nyckeln i handen. Med darrande hand satte jag nyckeln i låset och låste upp dörren till lägenheten. Vår lägenhet! Mörkret var kompakt där inne. Försiktigt trevande jag efter huvudströmbrytaren på höger sida. Tryckte ned den för att därefter knäppa på lampknappen. Plötsligt flödade hallen i ljus. Ett varmt och välkomnande ljus. Vi var på plats igen. Plötsligt blev jag nervös för vad sonen skulle tycka. Han hade inte sett mer än några få bilder och de korta filmsnuttarna. Tänk om han inte skulle tycka om lägenheten? Tänk om den skulle ge honom fel vibbar? Tänk om han skulle tycka att läget var fel? Tänk om... Jag hade inte behövt oroa mig. Sonen inte bara godkände lägenheten, utan han till och med delade vår förälskelse! Även hans lilla krypin till sovrum fick okej av honom. Den natten sov jag gott, lycklig att få vara "hemma" igen, nu denna gång tillsammans med vår son. Tråkigt bara att maken inte var med, han befann sig för stunden någonstans i Långtbortistan.

Det första vi gjorde på morgonen efter frukost var att ta en rask promenad till Ikea. Med en ny fullmatad shoppinglista. Bland annat skulle vi beställa en ny soffa. Den gamla, fula soffan som fanns i lägenheten var fullständigt hopplös. Hur jag än försökte pimpa den med överdrag och kuddar var den helt förlorad och skulle obarmhärtigt förvisas till soporna. Fulheten lyste igenom och den var till på köpet fruktansvärt obekväm att sitta i. Spiralfjädrarna skavde mot rumpan. Nej, det gick inte an. Ny soffa skulle det bli. Vi hade provsuttit en mängd soffor på Ikea hemma i Stockholm och till slut hittat ett par aspiranter. Nu var det bara att hålla tummarna att de fanns på lagret. Ikeabesöket gick strålande och det mesta fanns på lager. Perfekt! Men leveransen skulle dröja. Till och med efter att sonen och jag lämnat Alicante. Snabbt bestämde vi oss för en chansning. Maken hade nämligen bokat en resa direkt från Moskva till Alicante när hans turné var över. Vi la över ansvaret på honom att ta emot leveransen och med ett par dagars marginal skulle det med all sannolikhet gå bra. Leveransen skulle ske två dagar efter att maken anlände till Alicante. När vi ändå var på gång att leta möbler, flanerade sonen och jag vidare mot möbelbutikerna bortom Leroy Merlin. Kanske kunde vi trilla på någon cool och passande utemöbel till terrassen. Vi ville ha en soffa men inte den typiska klumpiga loungemodellen. Plötsligt stod den där! Grön och grann! En flört med 50-talets stringmöbler, beklädd med lösa sittdynor och kuddar. Snygg och modern. Men dyr. Sonen provsatt och gav tummen upp. Ett tillhörande runt bord gjorde sittningen komplett. Ett foto med sonen bekvämt lutandes tillbaka togs, som senare mejlades till maken för beställning när han var på plats om en dryg vecka. Effektivt och systematiskt! Promenerandet fortsatte, nu tog vi sikte på att dra oss ner mot stan för att leta skor. Planen var att inte jobba och fixa med lägenheten under dessa dagar. Nej - sonen skulle få komma i kapp oss och lära känna Alicante lite mer. Det fanns så otroligt mycket som jag ville visa honom. Vi började med en fika på torget utanför Mercado. Solen sken, solglasögonen åkte på och jackan åkte av. Vilken njutning, så värmde solen underbart skönt trots att det bara var februari. Efter en stunds välbehövd vila var det dags att dra vidare. Först besökte vi den stora blomstermarknaden precis bredvid. Sonen hade klart för sig att det minsann inte dög med enbart konstväxter utan han ville åtminstone ha en tålig blomma. Det fick bli en taggig och luddig kaktus i lagom storlek som omsorgsfullt packades in i blomsterpapper. Eftersom även han är intresserad av matlagning och sedan barnsben är en tvättäkta gourmet tog vi självklart en sväng genom marknaden och botaniserade bland alla godsaker. Som en blixt från klar himmel gjorde sig hungern påmind. Vi insåg att kaffet var nog helt fel. Istället skulle vi ha ätit lite tapas. Med andra ord, skor fick vänta en stund. Vi måste äta! Efter en promenad på knappa tio minuter var vi framme vid Lizarran på Avenida Maisonnave, ett trevligt och avspänt tapasställe, som maken och jag hade besökt ett par gånger tidigare. Vi satte oss precis vid ingången på en varsin hög barpall med ett litet fyrkantigt barbord emellan oss. Ett glas vitt vin och några tapas gjorde susen! Sonen fick nöja sig med en cola som dryck och hade svårt att välja bland alla goda smårätter. En sak behöver man lära sig i Spanien, om man inte redan kan eller vet det. Det är att ta det lugnt! Stressa inte. Låt ätandet ta sin tid. Ge dig tid till att njuta, prata och umgås. Det är något vi stressade stockholmare kan behöva påminna oss om. Så vi tog tid på oss, njöt av mat och dryck, pratade. Plötsligt hade det gått en dryg timme sedan vi slog oss ned på barpallarna. Nu var vi mätta och belåtna och fortfarande sugna på att utforska stan vidare.

Efter ett tiotal besök i diverse olika skoaffärer utan någon större framgång var vi nära att ge upp skojakten. Slutligen, nästan längst nere på ramblan hittade han dem, klassiska mörkgrå Chelsea boots, svindyra men supersnygga som betalades av den snälla modern! Självklart skulle sonen ha snygga boots från Alicante. När eftermiddagen hade övergått till kväll var vi hemma igen, trötta och nöjda. Mobilens stegvisare bekräftade dagens aktivitet - 34 500 steg! Det var mödan värt och vi hade lyckats se en större del av härliga centrala Alicante under en dag.

På förmiddagen dagen efter fick vi ett spontanbesök. Egentligen helt galet men ändå fantastiskt roligt. Som sagt, maken var på turné i Ryssland. Plötsligt hade turnéplanerna förändrats med kort varsel, vilket innebar ett par dagar ledigt. Han kunde välja mellan att åka hem till Stockholm eller till oss i Alicante. Självklart valde han den ljumma spanska vårvärmen framför det svenska gråa februariblasket. Plötsligt stod han där utanför dörren, oerhört trött och sliten efter den långa resan. Men glad.

Vi är nu i slutet av februari 2020. Obehagliga nyheter började spridas runt om i världen. Allvarliga sjukdomsfall drabbade befolkningen, med start i Kina. Nyheten och ryktet gällde en väldigt smittsam influensa. Ingen visste hur den skulle sprida sig. Ingen kunde i sin värsta mardröm se att den skulle lyckas snärja sig in överallt runt om i världen. Med en konsekvens som vi människor aldrig någonsin hade kunnat föreställa oss. Nyheten om alla de människor som insjuknat i norra Italien skakade om världen brutalt. Sonens planerade internationella projektresa till Rom med utvalda gymnasieelever runt om i Europa för junior FN i mitten av mars ställdes in med omedelbar verkan. Fortfarande hade vi varken kunskap eller förståelse gällande influensans omfattning. Mycket oroväckande förstås. Men för stunden kände vi oss ändå trygga. Smittan var fortfarande relativt långt borta. Även om vi var lite mer vaksamma än tidigare.

Oron spred sig även till Ryssland. Det var ovisst om den ryska turnén skulle fortsätta. Ytterligare tre spelningar var inbokade inom de närmaste dagarna. Två hade bokats av. Nu var det eventuellt bara en spelning kvar, långt bort i Kamtjatka. Ni anar inte hur långt bort det är, även från Moskva. Lägg då till en avresa från Alicante. Det går inte ens att föreställa sig. En sak är väl att resa dessa 15-20 timmar för att stanna en vecka eller mer. Men den lyxen var det inte tal om. Utan det handlade om max ett dygn i Kamtjatka. Sedan väntade en lika jobbig flygresa tillbaka till Alicante. Jag återkommer snart med mer detaljer om detta.

Tillbaka till den glada men trötta maken som stod i hallen, precis hemkommen till Alicante. Sonen och jag hade planerat en utflykt till

Benidorm under dagen. Maken log trött och sa "Gör det, jag är kvar och vilar. Så kan vi gå ut och äta senare på kvällen när ni är tillbaka igen."

I denna stund visste han inte om han skulle få stanna kvar i Alicante eller om han dagen efter skulle behöva åka till Kamtjatka. Allt hängde på om det fanns nya passande flygbiljetter, eftersom de två anslutande spelningarna var inställda och flygrutten förändrades. Maken gick som på nålar. Hela hans kropp och själ skrek "Jag vill inte åka! Jag vill inte åka!" Jag kan förstå honom helt och hållet. En mardröm. Han visste sedan tidigare hur lång och slitsam resan är. Hur hopplöst svårt det är att få någon sömn på planet. Hur jobbigt det är med tidsomställningen. Allt detta hade han upplevt flera gånger. Visst återigen, Kamtjatka är fantastiskt vackert och magiskt, en upplevelse utan dess like. Miljön är exotisk med alla varma källor, vulkaner och den vita snön. Hundspannen som springer ikapp så snön yr runt både hundar och ekipage. Möjlighet till fantastisk skidåkning. Mängder av makalöst goda krabbor, rom och havets läckerheter i allmänhet. Spelningen skulle ske utomhus i minst tjugo minusgrader. Smaka på den ni! Även om det utlovades värmefläktar på scen var det en svårslagen utmaning. Rörde man sig en halv centimeter utanför värmefläktens utblås, frös fingrarna till is inom loppet av en sekund. Det kostar på att ligga på topp!

Sonen och jag traskade iväg till tågstationen. Maken skulle vila. Trodde vi ja! Jo, han vilade säkert i dryga tio minuter. Men kroppen och hjärnan gick på högvarv. Han var så uppspeedad av jetlag, stress och frustration, men även glädje att vara på plats. Han ville ta vara på varje liten minut helt enkelt. Vad gör man då? Varför inte måla terrassen?! Mycket riktigt. Med raska steg tog han sig till vår lokala målarbutik. Köpte färg, gick hem med lika raska steg och började sitt projekt - terrassuppfräschning. Bortskrapning av den gamla färgen var redan gjord sedan tidigare. Nu var det bara att tvätta och måla. Jag vet inte var han fick sin energi ifrån. Men några timmar senare var allt färdigmålat. Terrassen var som ny med fina vita väggar och även muren ut mot gatan lyste blank och fin. Sonen och jag var helt ovetandes. Vi trodde maken sov, inte att han var maniskt uppjagad och överaktiv.

På väg till Benidorm fick jag verkligen en aha-upplevelse. Inte speciellt uppmuntrande, men ack så viktigt. I alla fall för mig. Låt mig berätta;

Vi stod vid stationen Marq Castillo och skulle ta tåget till Benidorm. För en liten sekund blev vi osäkra på vilket tåg vi skulle ta. Sonen vände sig till den äldre damen som stod bredvid oss och på flytande spanska frågade han henne om det var rätt tåg. De började småprata på spanska. Hon log mot honom och sa någonting som jag inte hade en chans att förstå. Min näst intill obefintliga kunskap i det spanska språket gjorde sig klart och tydligt påmind. Jag tyckte inte alls om känslan av utanförskap. Jag ska inte säga att jag kände mig dum, men näst intill. Plötsligt blev det väldigt tydligt för mig hur många invandrarkvinnor i Sverige kan känna sig när de inte talar språket och låter barnen agera tolkar. Språket är på alla sätt en viktig nyckel i integrationen. Även om jag inte är någon stor stjärna på språk så kämpar jag med att lära mig en grundläggande vardagsspanska i hopp om att så snart som möjligt kunna förstå och göra mig förstådd. Samtalet fortsatte och kvinnan berömde sonens spanska. Hon var djupt imponerad över hans språkintresse. Under denna korta samtalsstund hann han berätta att han pratade fem språk. Hon i sin tur berättade för honom att hennes systerson hade varit i Stockholm och studerat. Jag stod bara bredvid och log.

Benidorm andades ett lugn för ovanlighetens skull. Ett för min del ganska ointressant lugn. Det var ju ingen turistsäsong att prata om. Men sonen ville ändå göra ett återbesök i staden och återigen spana in de spektakulära skyskraporna. Efter en stunds flanerande bestämde vi oss för en sen lunch på en av strandrestaurangerna. Aktiviteten runt omkring oss bestod mest av pensionärer som åkte fram och tillbaka längst strandpromenaden på sina permobiler. Ibland två och två på en och samma permobil, med lilla rara knähunden i knät. En speciell syn. Det var långt ifrån sommarens högljudda festande. Efter några timmar kände vi oss mer än nöjda och bestämde oss för att fara hemåt till stadens puls.

På kvällen var vi tillbaka i Alicante och njöt av vår egen härliga stad. Planen var att vi skulle äta en bit mat på restaurangen och vinbaren

Bocca de Vin. Dessvärre var det fullbokat för kvällen. Ett bord bokades i stället in till morgondagens kväll. Efter en stunds funderande stegade vi bort mot den japanska restaurangen i Gamla stan som vi ätit på tidigare. Där blev vi varmt och glatt mottagna av personalen. Märkligt nog kände de igen oss från våra tidigare besök. Ännu en gång åt vi en vällagad och god middag bestående av diverse olika japanska rätter. Mätta, belåtna och trötta vandrade vi hemåt. Klockan närmade sig tolvslaget. Maken var fullständigt slut. Resandet, målandet och jetlagen hade kommit i kapp på riktigt. Eftermiddagens besked hade dessutom gett honom en rejäl knäck. Tidigt nästa morgon skulle han åka till flygplatsen. Följande rutt gällde: Alicante - Madrid - Moskva - Kamtjatka. Ett dygn efter ankomsten till Kamtjatka skulle han återvända tillbaka till Alicante med rutten Kamtjatka - Moskva - Alicante. Övernattning i Moskva på både dit och hemresan. Han var inte glad. Jag kan faktiskt beskriva honom som mer eller mindre panikslagen. Men det fanns inget annat att göra än att sätta på autopiloten.

Sonen och jag fortsatte sportlovsfirandet på egen hand. Tacksamma att vi inte behövde göra maken sällskap på hans mardrömsresa. Den här veckan var det karneval under flera dagar i Alicante som avslutades med firandet av "Sardinens begravning". En uppseendeväckande och spektakulär festival som lockade människor ut på gator och torg. Några av paradens deltagare bar på en gigantisk och märklig karikatyr föreställande en sardin. Sardinen låg i en kista och för att slutligen begravas nere vid stranden. Själva begravningen ska, som jag förstår, vara en symbol att lämna det förflutna med hoppet om att bli pånyttfödd med en ljusare framtid.

Det var en folkfest som vi självklart inte ville missa. Även om vi redan då var en anings skeptiska till stora folksamlingar så ville vi verkligen ta del av det unika firandet. Vår kväll började med en smakfull middag på Bocca de Vin. När vi var mätta och belåtna tackade vi för oss och gick ut i den mörka februarikvällen som faktiskt var riktigt skön. Men var är karnevalen? Tyst överallt. Vi hade fått veta att den skulle starta runt tiotiden på kvällen. Felaktigt blev vi hänvisade till strandpromenaden. Inte en själ. Nästa person vi frågade skakade på huvudet och sa att det var märkligt att vi hade fått den uppgiften. Nej, vi skulle åt helt andra hållet, upp mot Mercado. Tåget skulle starta vid Plaza Santa Teresa, snett bakom Mercado. Med andra ord, parken som vi alltid brukar gena igenom när vi promenerar mellan lägenheten och city. När vi väl kom fram till parken med andan i halsen var det en stor myllrande samling av festklädda, utklädda, uppklädda och uppspelta människor. Alla var förstås inte utklädda, men många bar fantastiska kreationer som jag aldrig sett maken till. Nu var det bara att vänta på karnevalens start. Spänningen och förväntan i luften steg. Efter en stunds otålig väntan började folkmyllret röra sig. Megafonen med utrop på spanska ljöd högt över hela stora samlingen av människor. Karnevalen var verkligen en upplevelse med facklor, sång, musik, eldslukare och mycket mer. Vi följde med tåget ned mot ramblan för att sedan vika av och stanna vid katedralen Saint Nicholas. Tid och rum hade stannat. Jag vet inte hur länge vi slog följe med alla uppspelta människor. Vi och många andra hamnade nästan som i trans. Sonen var fascinerad av stämningen, energin och pulsen. Jag med, det var rent av magiskt och lite lätt surrealistiskt. Men mina fötter höll inte med. Av någon märklig anledning, förmodligen av ren fåfänga, hade jag tagit på mig mina nyinköpta boots. I början av kvällen var de riktigt sköna. Sen började de kännas trånga och lätt obekväma för att övergå till ren smärta. Nu dryga fem timmar senare hade smärtan övergått till bortdomnade tår. Jag var rejält orolig för min känsliga lilltå som jag hade brutit i samband med ett felaktigt steg rakt in i en stenmur under vår första semesterdag i Kroatien några år tidigare. Sex veckor innan jag skulle springa tjejmilen för första och sista gången i mitt liv. Tån läkte nästan, jag sprang loppet, men aldrig mer lovade jag mig själv.

Tillbaka till Alicante…

Sonen ville stanna kvar på torget för att invänta var tåget skulle ta vägen härnäst. Vi visste inte riktigt vad som skulle hända. Men det jag helt klart visste var att vi, i alla fall jag, hade plågsamma femton-tjugo minuters promenad hem. Efter en snabb överläggning valde vi att gå hemåt. Väl hemma lösgjorde jag mina stackars fötter från skorna. Kisade när jag tog av mig strumporna. Aj. Det såg inte alls bra ut. Jag kan berätta så här i efterhand att det tog mig drygt två veckor innan jag kunde gå i normala skor igen. Så vad har jag lärt mig av det? Använd inte fel skor. I alla fall inte när du är ute på längre utflykter.

Kvällen innan vi skulle åka hem till Sverige ville vi ringa på hos vår granne och presentera oss ordentligt. Vi hade stött på honom en dag i trapphuset, men bara sagt glatt "hola" och inget mer. En till synes glad trevlig man i 40-årsåldern. Sagt och gjort vi ringde på dörren, beredda med ett trevligt leende på läpparna. Snabbt konstaterade vi att det enbart hunden var hemma som skällde ut oss på andra sidan dörren. Istället skrev vi ihop ett litet trevligt brev, där vi presenterade oss med våra namn, telefonnummer och min mejladress samt en kort beskrivning av vår familj. Tyst och diskret smög jag ut i trapphuset och sköt in brevet i springan mellan golvet och dörren.

Dagarna hade runnit iväg allt för fort. Återigen var det dags att stänga ned lägenheten och åka hem. Ovilligt stängde vi av vattnet och strömbrytaren, låste dörren och sa lite lätt vemodigt "Adios! Hasta pronto!" Detta var torsdag den 27 februari 2020.

Några dagar senare, när vi var tillbaka hemma i Sverige, plingade det till i min mejlbox. Det var vår granne Angel. Ett personligt och trevligt mejl som verkligen gav oss känslan av ett varmt välkomnande och delaktighet i vårt hus och en inbjudan till en cocktail nästa gång vi kom ned till Alicante. Glada och tacksamma att vi nu hade fått en första kontakt med vår granne. Dialogen skulle komma att fortsätta på en blandning av spanska och engelska. Till vår glädje kunde vi konstatera att vi hade skapat en första relation till en av våra grannar i huset.

46. PANDEMIN BÖRJAR

Maken överlevde sin turné. Utpumpad landade han i Alicante den 2 mars. Nu kunde han ladda upp batterierna. Själen skulle äntligen komma i kapp och samtidigt fick han njuta av sin ledighet. Det var fortfarande en hel del praktiska saker som behövdes fixas med och i lägenheten. Med spänning väntade han på leveransen från Ikea, som flöt på utan några som helst problem. Dessutom hade vi beställt bortforsling av den gamla soffan och en överbliven säng. Ut med det gamla fula och in med nytt! Det nya matbordet och den gröna utomhussoffan beställdes och levererades även utan problem. Nöjda konstaterade vi hur smidigt det var att beställa och få möblerna hemlevererade. I bara farten tog han promenaden ner till Gran Via och köpte en smidig bordsgrill och även en liten kolgrill som skulle passa perfekt i murade hyllan ute på terrassen, samt en ny tv. Säljarens ombud hade ju passat på att plocka med tv:n när han stal varmvattenberedaren. Fullastad med sina inköp satte en trött men nöjd make sig i en taxi och åkte tillbaka till lägenheten. Visst blev det ett släpande upp för trapporna men även det lyckades han med på något mirakulöst sätt. Efter lite trix och fix var tv:n inkopplad och klar.

Jag var djupt imponerad när jag senare på kvällen fick en guidning i lägenheten av maken via Facetime. Självklart delade jag hans glädje men kände ett sting av avundsjuka. Jag ville också vara nere i Spanien och mysa, inte sitta i kalla Sverige och frysa. Han guidade mig ut på matverandan där hade han dukat upp kvällens middag som bestod av grillad hamburgare med favoriten patatas bravas och ett glas rött vin. De nyinköpta ljuslyktorna spred ett varmt och behagligt sken runt omkring. Allt såg så mysigt och ombonat ut. Han var lugn och lycklig.

Det syntes att energin hade börjat återvända. Hysteriska och galna veckor med slitsamt resandet låg bakom honom. Nu var det enbart tid för återhämtning och småfix. Ingen stress. Inga tider att passa. Inga jobbiga åtaganden. Ändå ville han få ordning på så mycket som möjligt, eftersom besök väntades. Vänner från Denia skulle hälsa på och kika på lägenheten. De kom med bil. Trots att de har bott i Denia under flera år hade de märkligt nog aldrig varit i Alicante. Flera i vår bekantskapskrets som bor runtomkring Alicante har av någon märklig anledning inte upptäckt Alicantes charm och skönhet. Varför? kan man ju undra.

Hursomhelst, att hitta en parkeringsplats i Alicante är inte alltid det lättaste. Många av gatorna är trånga och enkelriktade. Dessutom är det ont om parkeringsrutor. Till saken hör även att mannen i paret har lite svårt att gå. Parkering i närheten var en förutsättning. De snurrade runt och runt, utan en parkering så långt ögat kunde nå. Trångt och rörigt var det dessutom. Slutligen hittade de en ledig handikapplats relativt nära. Perfekt, eftersom de dessutom hade handikapptillstånd. Alla tre skulle ses nere på Plaza Manila, ett stenkast därifrån. Fem minuter senare var alla på plats vid en av restaurangerna och lunchen beställdes in. En stund senare, mätta och belåtna, bestämde de sig att promenera bort mot vår lägenhet. Plötsligt ändrade sig mannen i paret. Han var skeptisk till att kämpa sig fyra våningar upp. Det skulle bli för jobbigt. "Vi går till bilen, jag väntar där under tiden när ni tar en blixtvisit i lägenheten." Sagt och gjort, de ändrade riktning och gick de hundra metrarna till bilen. Trodde de ja... När de kom fram till parkeringsplatsen låg det bara en gul trekantig lapp fastklistrad på gatan. Ingen bil så långt ögat kunde nå. Alla tre blev både chockade och förvånade. Det var ju verkligen här som de hade parkerat bilen. "Vad fan" fick mannen i paret ur sig. Hans fru svor något obegripligt på ryska. De böjde sig ned och tittade på lappen. Klart och tydligt på spanska stod det att bilen var bortforslad eftersom den stod på en privat reserverad plats. De hänvisades till telefonnummer för vidare förklaringar och var bilen kunde hämtas ut. Mannen i paret surnade till ordentligt och skällde på frun "Jag sa ju att det var en reserverad plats. Det står ju klart och tydligt på skylten. Aldrig kan du lyssna." För en gångs skull tror jag att frun, som alltid brukar ha svar på tal, var tyst. Fanns inte så mycket att säga. Hur skulle de lösa det här? Bilen skulle ju inte dyka upp av sig själv helt plötsligt, det var ju självklart. Nej, bäst var nog att ta dra sig bort mot vår lägenhet och därefter se hur de löste saken på bästa sätt. Strax därefter stod alla tre utanför porten. Enbart frun skulle följa med upp till våningen för att snabbt beskåda vårt nyförvärv och samtidigt passa på att ringa numret som stod på lappen i ett försök att reda ut var bilen hade tagit vägen samt hur det skulle gå till för att få den tillbaka. En sak visste de redan nu. Det skulle bli dyrt, riktigt dyrt och riktigt onödigt slöseri med pengar. Böter plus taxi dit. Mannen i paret fick ta en kopp kaffe på restaurangen tvärs över gatan i väntan på lösningen. En snabb titt på lägenheten, som fick mer än väl godkänt. Efter tio minuters telefonsamtal, stundvis hetsiga diskussioner på blandad spanska, engelska, ryska och med inslag av svenska klickade frun av samtalet. Hon hade fått all information hon behövde för att kunna lösa ut bilen. Även ett antal tusenlappar fattigare. Turen var på deras sida att de precis skulle hinna hämta ut bilen innan de stängde för helgen. Annars hade det blivit ännu dyrare. Så slutade Deniabornas första och kanske enda bilburna Alicantebesök. Ingen jublade. Snabbt satte de sig i taxin och maken vinkade adjö till dem. Stilla för sig själv tänkte han "Skönt att vi slipper ha bil, ett problem mindre."

Inte nog med att maken hade haft finbesök från Denia. Nästkommande dag var det dags igen. Den här gången var det vår gemensamma vän Lena som var på semester i Spanien. Med sig hade hon sin ryska väninna Olga, boende i Torrevieja. Tanken var att maken skulle bjuda på lite goda tapas. Kan ni gissa hur de tog sig till Alicante? Med bil förstås. Ännu en gång uppstod samma parkeringsproblem. De snurrade runt och runt i området. Men inte en ledig parkeringsplats. Hur många varv de än snurrade så verkade det totalt omöjligt. Uppgivet ringde Lena och sa "Jag är jätteledsen, men vi måste åka hem igen. Det finns ingen parkeringsplats någonstans. Nu har vi åkt runt i en halvtimme. Helt hopplöst." Precis i samma sekund hojtade Olga till. Mirakulöst nog hade hon precis passerat en ledig plats. Snabbt la hon i backen och skyndade sig att parkera innan någon annan hann före. I efterhand berättade Lena i förtroende att hon tyckte det var lite smått otäckt att sitta på passagerarsätet bredvid sin väninna. Hon visste inte riktigt om det rörde sig om de smala trafikerade vägarna eller om det handlade om Olgas körsätt. Vid ett flertal tillfällen blev inbromsningarna överraskande häftiga. De passerande bilarna var obehagligt nära. Tack och lov, blev ingen skadad, varken bil, person eller någon av alla sopcontainrar som är placerade här och där invid trottoarerna. Ännu en påminnelse för oss att inte ha bil inne i Alicante!

Lättade och glada småsprang gästerna de fyra våningarna upp till lägenheten. Maken tog emot dem i hallen. Det hade ju varit snopet om han skulle få äta upp alla tapas själv i sin ensamhet om de inte hade lyckats med parkeringen. Med ett stort leende bjöd han in gästerna och visade dem ut till verandan där han hade dukat upp med gott vin och lite blandade tapas. Det var en härlig känsla av att verandan och lägenheten fylldes med skratt, prat och gäster. Tiden gick alldeles för fort, tyckte värden. Sällskapssjukan hade gjort sig påmind efter några dagars återhämtning. Men gästerna hade en tid att passa. Olga ville ha god tid på sig att köra genom stan utan stress, de var tvungna att bryta upp. Även denna gång fick lägenheten godkänt.

Flera gånger om dagen pratade vi, maken och jag. Det var roligt att följa utvecklingen på distans. Lägenheten blev mer och mer mysig och bebodd. Sovrumsväggarna var nu fräscha i vitt istället för smutsgula. Det var inte bara utvecklingen med lägenheten som följdes noggrant. Nej, en annan obehaglig utveckling behövde vi ha koll på så mycket det bara gick. Den nya epidemin som härjade världen runt var verkligen oroväckande. Maken var noga med att hålla distans till okända människor i folkmassorna, till exempel i affären eller nere på stan. En liten flaska med handsprit hade jag köpt inför förra resan och lyckligtvis lämnat kvar i lägenheten. Jag tjatade på maken, håll distans. Eftersom viruset kom från Kina blev vi också lite oroliga med tanke på alla "Kinaaffärer". Tänk om någon av de som jobbar där har varit hemma i Kina under jul och nyår och dragit med sig smittan? Bättre att vara lite extra försiktig och vaksam. Några dagar innan hemfärden var han nere på vår närmaste kinaaffär. Mellan kunden och kassörskan satt nu en gigantisk plexiglasskiva. Han hade aldrig sett något liknande. Var det på riktigt, eller överdrev de? Så här i efterhand har vi ju tyvärr svaret på den frågan.

Dagarna för hemfärden började närma sig. Vi följde smittans utveckling noggrant. Självklart var vi fruktansvärt nervösa att han inte skulle komma hem ordentligt. Rädslan och oron var påtaglig. Vi hade svårt att hålla den ifrån oss.

- Tänk om han skulle bli sjuk.
- Tänk om flygen ställdes in.
- Tänk om det blir utegångsförbud.
- Tänk om...

Vi gjorde allt för att lugna varandra och intalade oss att allt skulle gå bra. Självklart skulle de inte kunna stänga ned ett helt samhälle. Aldrig. Allt måste ju rulla på, trots denna som synes extremt allvarliga influensavåg. Lena hade rest hem från Alicante ett par dagar efter tapasträffen. Även hon hade förstått den allvarliga situationen och var tacksam att hon hann hem i tid. Hon var en av de få personer som hade munskydd på flygresan. Då tittade man lite misstänkt på den som bar munskydd. Är hon sjuk? Ser ju lite konstigt ut. Är det inte lite väl överdrivet? Lena hann inte mer än komma hem förrän hon blev sjuk med diverse märkliga symtom. Symtom som hon inte då visste var typiska för Covid 19. Hög feber, hosta, smak- och luktbortfall. Hennes ryska väninna hade förmodligen smittat henne. Olga hade insjuknat dagen efter besöket hos maken. Men detta var inget som vi visste om just då utan fått det berättat för oss i efterhand.

Onsdag den 12 mars landade maken äntligen på Arlanda. Lättad och frisk men väldigt darrig av all anspänning och ovisshet. Den 14 mars införde Spanien nationellt nödläge med kraftiga restriktioner i kampen mot viruset.

Saved by the bell.

47. EPILOG

Sonen och jag blev förkylda med kraftig huvudvärk och spökande magar en dryg vecka efter vår hemkomst. En märklig huvudvärk som kom och gick under ett par månaders tid. Maken drabbades också av dessa symtom en tid efter hemkomsten från Alicante. Vad vet vi, antingen hade vi fått en släng av årets förkylning, eller en släng av något annat. Inga prover togs vilket innebar att vi inte heller hade svar på våra frågor och funderingar. Som så många andra famlade vi i mörkret och ovissheten under den svåra tid som rådde.

Pandemin härjade aggressivt som en våldsam och okontrollerad skogsbrand över hela världen. Först trodde vi att det skulle lugna ned sig till senvåren, sedan till sommaren och att hösten skulle vara fri från smitta. Flygbiljett efter flygbiljett avbokades och resorna ställdes in. Vi, som många andra, isolerade oss. För första gången i vårt liv var det otäckt att röra sig bland främmande människor. En känsla av maktlöshet tog över. Det var helt omöjligt att kontrollera situationen runt omkring oss. Våra nyuppfyllda drömmar hade fått sättas på pausknappen. Nästan hela vår tillvaro var rejält pausad. För hur länge hade vi ingen aning om. Kulturbranschen sprang rakt in i väggen, hårt och smärtsamt. En riktig käftsmäll.

Otåligheten, ovissheten, oron och den världsliga oredan slet på både kropp och själ. Vi ville ju ner till Spanien och kolla att allt stod rätt till med lägenheten. Vi ville själva se med egna ögon att lägenheten mådde bra, att den hade klarat den långa isoleringen. I slutet av augusti 2020 bar det av ner till Alicante. Så vi hade längtat! Första gången på nästan ett halvt år. Självklart var vi oerhört oroliga och spända inför resan. I det nya normala ingick bland annat social distansering, munskydd utanför hemmet, handsprit och stor försiktighet.

Sent på kvällen torsdag den 20 augusti 2020 klev vi in genom dörren till vår älskade lägenhet. Lyckan var total att äntligen få återförenas. I ett halvår hade jag försökt att visualisera i mitt inre känslan av att äntligen få sätta nyckeln i låset och kliva in. Känslan av samhörighet, känslan av att kunna njuta av vår dröm som gått i uppfyllelse. Äntligen stod vi ute på terrassen. Vi blickade upp mot himlen. Den stora vackra augustimånen log mot oss. Slottet lyste varmt och välkomnande. Natten var ljummen och ljuv. Vi var hemma igen.

Covid 19 härjade runt om i världen längre än någon av oss hade kunnat ana. Men sakteligen återvände vi alla till en tillvaro som nästan påminde om hur det var innan pandemin. Under denna period hade vi trots allt lyckan att kunna tillbringa längre perioder i vår lägenhet i Alicante. Kärleken till staden växte sig starkare och starkare för varje resa.

Hösten 2021 tog vi ytterligare ett djärvt steg. Vi sålde Villa Wahlberg i Sverige och köpte vårt drömhus, strax utanför Benidorm. Här har vi äntligen vårt underbara familjehus som finns till för hela stora familjen, sonen, hans äldre syskon och deras familjer, mina syskon, föräldrar och våra vänner. Vad hände med lägenheten i Alicante då? Jo, självklart har vi den kvar. När längtan efter stadslivet blir för stark är den ett utmärkt komplement till det stillsamma villalivet. Kärleken till Alicante och lägenheten består.

RECEPT

Avslutningsvis vill jag bjuda dig på några av mina egna favoritrecept från de senaste åren. En del är mina tolkningar på kända recept, andra är egna skapelser. Smaklig måltid!

Gazpacho
Gazpacho har sitt egentliga ursprung från Andalusien, men det går lika bra att avnjutas i Sverige en varm sommardag!

4-6 pers
3 dl tomatjuice
1 brödskiva riven i småbitar
1 dl vatten
2 vitlöksklyftor
1 paprika
4 tomater
1 liten gurka
1 rödlök
1 msk vitvinsvinäger
0,25 dl olivolja
(1 bladselleri)
salt och peppar

Blanda alla ingredienser väl med en mixer, förutom tomatjuicen. (Det rivna brödet gör soppan lite tjockare.) När allt är blandat, häll i juicen. Smaka av med salt och peppar.

Låt stå minst 3–4 timmar i kylskåp innan servering. Serveras väl kyld. Toppa med brödkrutonger om du vill.

Hallonsallad med getost
En sommarfräsch sallad

4 personer
2 dl hallon
getost - mängd enligt tycke och smak
ruccolasallad ca fyra nävar
2-3 salladslökar (eller 1 liten rödlök)
sockerärtor ca två nävar
granatäpplekärnor
1 avokado
Pinjenötter

Blanda alla ingredienser och lägg upp i ett vackert fat eller skål.
Häll över lite hallonvinäger och en god olivolja. Toppa med lite
pinjenötter.

Ninas heta och kalla sås
Passar lika bra till kyckling som till grillad fisk.

3 dl matlagningsyoghurt eller turkisk yoghurt
1 ekologisk lime
½ färsk röd chilipeppar
1 vitlöksklyfta
färska örter, gärna koriander, citronmeliss, persilja, timjan etc.
salt, peppar

Skölj limeskalet noga, riv skalet och pressa limen som blandas ner i
yoghurten.
Hacka chilipeppar (ta bort alla frön).
Finhacka vitlök.
Blanda i chilipeppar och vitlök.
Blanda i hackade färska örter.
Salta och peppra.
Låt såsen stå och dra en stund i kylskåpet innan servering.

Rostade kastanjer

4 portioner (som tillbehör eller förrätt)
40 stycken (eller ca ½ kg) sköljda kastanjer
Smör
Grovsalt eller aluminiumfolie
Gör ett snitt (kryss) i toppen av alla kastanjer.
Lägg dem i en eldfast form, antingen på en bädd med grovsalt, eller tillknycklat folie.
(Det gör så att kastanjerna lättare står stadigt.)
Rosta i mitten av ugnen, i 225 grader i ca 20–30 minuter.
Kastanjerna är klara när de släpper från skalet och själva nöten är mjukt.

Ät med lättsaltat smör! Obs tillaga inte svenska kastanjer - de är oätliga.

Saffranspäron
En perfekt "gå bort present" Saffranspäron är fantastiskt vackra med den gyllengula färgen.

2 kg fasta små fina päron
1 pressad citron
Lag - 2 liter vatten + 1,5 kg socker + 1 gram saffran + ½ tsk Atamon
Skala päron, spar skaftet. Lägg päronen i vatten med pressad citronsaft så de håller färgen bättre.
Koka ihop alla ingredienser till lagen.
Lägg i päronen och låt dem koka på svag värme i ca 15–20 minuter.
Blanda i Atamon
Lägg päron och lag i väl rengjorda burkar med tätslutande lock.
Låt stå kallt.

Serveras gärna med en klick grädde eller lite vaniljglass.

Limemarinerade jordgubbar

4 personer
1 liter jordgubbar
0,75 dl socker
saften av 2 pressade lime
0,75 dl apelsinjuice

Värm socker, limesaft och apelsinjuice i en kastrull, rör om tills sockret har smält.
Låt lagen svalna.
Skär jordgubbarna i skivor.
Lägg i jordgubbarna och låt de dra i ca 30 minuter innan de serveras.
Gott att äta med glass eller lättvispad grädde!

Skapandet i sig är lycka för mig
Jag strävar inte efter det perfekta
Lekfullheten och glädjen är viktigare

FÖRFATTARENS TACK

Tack för att ni finns i mitt liv, min älskade stora familj - alla våra barn, barnbarn, mina föräldrar, mina syskon och syskonbarn. Ni är en del av vår resa och det nya spanska livet.

Tack till er alla som har stöttat och trott på vår dröm. Drömmen som ibland verkade vara hopplöst svår att uppfylla.

Tack till min älskade make Ulf, som alltid finns vid min sida.